Adolf Schwayer

Weihnachtserzählungen

Adolf Schwayer

Weihnachtserzählungen

ISBN/EAN: 9783337354169

Hergestellt in Europa, USA, Kanada, Australien, Japan

Cover: Foto ©Andreas Hilbeck / pixelio.de

Weitere Bücher finden Sie auf **www.hansebooks.com**

Weihnachtserzählungen

von

Adolf Schwayer

Mit Bildschmuck von Prof. Franz Kuna

Sechstes bis sechzehntes Tausend

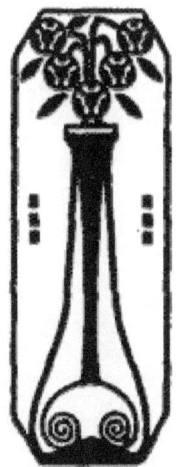

Linz a. D., 1920

Verlag von R. Pirngruber

Inhalt.

Im Sturm.

Ihn fror in seinem dünnen Fähnchen, einem grauen fadenscheinigen Havelock, der im Novembersturme flatterte wie eine altgediente Kriegsflagge.

»Ist eine Kunst!« knurrte er und meinte damit den Sturm, den ungebärdig wilden. Um die dürren Blätter von den zitternden Zweigen zu reißen und die blassen Spätrosen zu erschrecken, die noch irgendwo draußen wehmütig träumen mochten, bedurfte es dieses unsinnigen Grimmes nicht. Und um das graue Wolkengesindel dort droben, das Schnee niederregnen ließ, vor sich herzujagen, brauchte er die Backen auch nicht gar so voll zu nehmen, der wüste Kraftgeselle, der!

Wildjauchzend fuhr der Verhöhnte um die Straßenecke und lehnte den blassen jungen Mann, der durchaus kein Schwächling war an die Wand. Und neben ihm klatschte ein schneefeuchtes Blatt an die triefende Mauer. So klebten sie, Mann und Blatt, im gewaltsamen Drucke des Sturmes einen Augenblick lang nebeneinander.

Da mußte er auflachen, ganz grimmig. Dann drohte er mit der Faust gegen den grauen Himmel und drückte sich das Atemholen des Sturmes benützend, sachte um die gefährliche Ecke.

Fest, krampfhaft fest, hielt dabei die schier erstarrte Faust das Guldenstück, das er sich kurz vorher von einem Bundesbruder gepumpt hatte. Zu den Taschen seiner Hose hatte er kein rechtes Vertrauen mehr und die Geldbörse lag zu Hause lange gut. Die grinste ihn jedesmal, wenn er sie hervorzog, gar zu höhnisch an: sie war leer wie das absolute Nichts.

Auch sein Winterrock hatte es besser als er: der »studierte« einstweilen auch und war hübsch warm aufgehoben – wo, ist leicht zu erraten. Viel weniger »schön« mochte er vielleicht nicht sein als der flatternde Sommermantel da – aber warm!

Wärme! Wärme mußte wenigstens seine Mutter haben. Darum hatte er ja den Gulden gepumpt von dem flotten Farbenbruder, dem guten wohlgemästeten Ritschmayer. Und der gab bereitwillig und gab lachend. Und das war schön von ihm. Er wollte kein Mitleid sehen, kein Mitleid fühlen der trotzige Lebenskünstler im Havelock. Das wußte der dicke gemütliche Ritschmayer; darum gab er lachend, trotzdem ihm der »stiere« Theobald Volkmar noch zehn Gulden schuldete, die er gebraucht hatte für die Taxe zum letzten Rigorosum.

Jetzt jagte ihn der Sturm in eine Seitengasse. Wütend kehrte er um, rang mit der in wilder Siegesfreude aufheulenden Windsbraut, schwamm geradezu in Sturm und Schnee und Regen und schnaufte tief auf, als er wieder in der Hauptstraße trottete.

Nur da nicht hinein! Nur da nicht durch! Dort drinnen in der Gasse stand das große Zinshaus seines steinreichen Onkels. Das glotzte ihn immer so höhnisch an mit seinen vielen Fenstern und seiner aufgeklebten protzigen Zementfassade – recht wie ein freches Emporkömmlingsgesicht.

Der, ja der hatte Wärme und Geld und alles was er wollte, der Bruder seines armen toten Vaters, und brauchte für niemand mehr zu sorgen. Aber er hatte sicherlich auch kein Mitleid, keines in den Zügen zur Schau getragenes und keines im Herzen.

Was zum Teufel war es denn, was die beiden Brüder

7

trennte?! Haß? Nein: Stolz, Stolz war es, was den Vater trennte, und Trotz, was den Onkel fernhielt. Weil der Vater das arme zarte Mädchen genommen hatte anstatt die reiche derbknochige Schwägerin des Onkels. So fing's an. Dann kam des Vaters Stolz ins Glühen und Brennen. Er werde schon zeigen, werde schon beweisen, daß er ohne Mammon durchs Leben komme! Seines Lebens Sonne sei die Liebe, seines Lebens Wonne die Arbeit!

»Bettelstolz!« hatte der Onkel gehöhnt. Und darauf flog seines Zimmers Tür dröhnend zu – zugeworfen von dem erzürnten Vater, dem sie gewiesen worden war! Und es flog eine zweite Tür zu und eine dritte: die Herzen der Brüder waren verschlossen für einander und für immer.

So mächtig sind Stolz und Trotz. O Sturm, was bist du für ein jämmerlicher Kraftprotz gegen diese Giganten im Menschenherzen!

Aber des Vaters Sonne leuchtete und seine Wonne ging nie aus. Und ihr gesellten sich froher fröhlicher Sinn bei und sonnenheitere Freude, stille warme Lebensfreude, die über den Seelen von Vater und Mutter lagen wie ein Sonnenglanz. Und in seinem Herzen, in seinem Hause blühte und duftete die Wunderblume Zufriedenheit und waltete und webte still der Zauber unbewußter Poesie: das stille echte Glück war zu Hause bei Vater und Mutter und sein Sonnenglanz fiel auch auf ihn, den heranwachsenden Sohn. – Da mußte wohl eines Tages der Neid vorbeigegangen sein an dem Hause des Glückes und es dem Bruder Hein verraten haben. Und der kam und nahm den Vater mit und ließ Frau Sorge zurück. Und die rief bald, ach! nur zu bald ihre unerbittliche Schwester herbei – die Not. Die wehrt den Leibern das tägliche Brot und bringt der Seelen duftende Blüten langsam zum Verdorren ...

Allmählich verblaßte nach des Vaters Tode aller Glanz. Die

Hilfsquellen versiegten, das hinterlassene Geld ging aus. Gar viel war's ja nicht. Nur der Stolz blieb dem Sohne als Erbe. Und dieses Erbe konnten nicht Not und nicht Hunger schmälern. Es mehrte sich noch und verstärkte sich noch durch den Trotz. Diese beiden Tyrannen seines Herzens stellte er dem Onkel entgegen, der, durch des Bruders jähen Tod weich gestimmt, rasche Versöhnung suchte. Der Sohn aber wies ihn kalt ab: er, der dem Bruder die Tür gewiesen habe, er hätte müssen den Weg zum Bruderherzen im Leben finden und nicht nach dem Tode. Für dieses nachhinkende Mitgefühl danke er!

Da hatte der gereizte Onkel ein böses Wort gesagt: auch wenn er einst – und das werde kommen! – in Not und Elend vor ihm auf den Knien liegen werde, würde er ihn nicht erhören und ihm nicht helfen, dem Starrkopf, und wenn er zugrunde gehn sollte vor seinen Augen! Damit war's aus mit den zweien, rundweg aus.

So ging in leuchtenden Bildern und ging mit Schaudern und Grimm die Vergangenheit an dem jungen Manne vorüber, der mit dem Lebenssturme weit härter zu ringen hatte, als jetzt mit dem wütigen Herbststurme.

Seine Mienen waren düsterer geworden als droben der graue Himmel. So trat er in den kleinen Krämerladen in der Nähe seiner Wohnung, bestellte Holz und Kohle und nahm einen kleinen Imbiß mit – für die Mutter. Dabei knurrte ihm der Magen just vor dem grinsenden Krämer boshafterweise so laut, daß der Mann es hören konnte. Ueberstürzt eilte Theobald davon.

Als er in die Stube trat, die noch manch liebes altes, erinnerunggeweihtes Möbelstück enthielt, lag auf seinem Angesichte ein Lächeln, das so heiter scheinen sollte wie eitel Frühlingssonnenschein und doch nur eines Lächelns herzberührendes Zerrbild war.

Die Mutter sah's und – lächelte ihn gleichfalls an. Aber es war nicht das wehmütige Lächeln, das wie sonst dem Sohne verriet, sie habe ihn durchschaut bis auf seines Herzens dunkelsten Grund: scheu lächelte sie heute und verlegen, schier schamhaft und doch so lieb, so unendlich lieb, daß der erregte Sohn sie in seine Arme schloß und aufstöhnte, aufschluchzte vor Freud und Weh.

Er riß sich rasch los und zog seinen Schatz hervor.

»Mutter – da! Für dich!«

»Und du?«

»Hab schon gegessen – im ... im Studentenheim ...«

Sie sah ihn forschend an und glaubte ihm nicht recht. Im Studentenheim hatte man ihn neulich wie einen Bettler behandelt. Dahin ging er also wohl nimmer. Und neu war ihr diese Selbstverleugnung an ihrem Sohne auch nicht, neu war ihr auch nicht, daß er lieber Hunger litt, als sie darben zu lassen. Er sei jünger – sie müsse sich zuerst sattessen. Für ihn tat's auch eine Krumme trockenen Brotes.

Sonst gab es immer gar seltsam lieben Zank nach solcher Opfertat des Sohnes – heute nahm sie das Päckchen wortlos hin, legte Wurst und Schinken fein säuberlich auf einen Teller und sagte dann mit fast schalkhaftem Lächeln – wie gut stand das ihrem zarten Gesichtchen! – sie wolle schon essen – o! – sehr gern; denn sie, sie habe ja wirklich ... Appetit. »Hunger«, sagte sie nie. Das Wort hatte einen gar zu bitteren Beigeschmack, seitdem sie es seinem ganzen Grimme nach kannte. Ja ja, sie werde schon essen, aber der Sohn müsse auch essen – was viel besseres, viel feineres!

Damit ging sie an dem maßlos erstaunten Theo vorbei in die kleine saubere Küche hinaus, und kam lächelnd zurück, eingehüllt in eine duftige Wolke, die von der – ja wahrhaftig!

von der Bratenschüssel aufstieg!

»Ja was ist denn das?«

»Rostbraten mit Essig gespritzt, mein lieber Theobald. Und geröstete Kartoffeln dazu. Dein Lieblingsabendmahl!«

»Ja, wer hat denn ...«

»Iß nur und frage nicht! Iß! Glaubst du, ich hab deinen Magen nicht knurren hören! O der! Der hat eine Aufrichtigkeit! Aber so komm doch!«

»Keinen Bissen nehm ich, bevor ich nicht weiß, woher das kommt!«

»Na, woher soll's denn kommen? Vom Fleischhauer!« scherzte die Mutter gutlaunig.

»Mutter, du weißt! Sag mir's! Oder ich geh fort! Ist's vom Onkel?«

Wie seine Augen funkelten und seine Brauen sich zusammenzogen! Die Mutter kannte das. Verlegen, so ganz wundersam verlegen stand sie eine Weile da, zog an ihrer blühweißen Schürze und hauchte endlich hervor:

»Nein, nicht vom Onkel.«

»Von wem denn? Hast du ...« Er blickte im Zimmer musternd herum. Sie wußte, was er meinte.

»Nein, auch nicht. Es ist von ... von Fräulein Erna.«

Wie von einem Peitschenhiebe getroffen, zuckte der junge Mann zusammen. Bis in die Schnurrbartenden zitterte er. Erna war seines Hausherrn feines und schönes Töchterlein – und er liebte das schöne feine Kind in aller Glut und Heimlichkeit.

»Almosen!« knurrte er und sank auf den Stuhl, daß er

krachte.

Die Mutter stand betroffen da.

»Ich will keine Almosen!« brauste er auf, sprang empor und wollte nach dem dampfenden Teller greifen. Er hätte ihn zu Boden geschmettert, wäre nicht die Mutter blitzschnell dazwischengetreten. Hart war er an sie herangekommen in seinem Ungestüm. Sie wankte, die zarte zierliche Frau, und mußte sich an den Tischrand klammern, um nicht zu stürzen.

Da warf sich der Sohn auf den Stuhl zurück, ließ das Haupt auf den Tisch sinken und schluchzte herzergreifend.

Nun wurde auch das Auge der Mutter feucht. Und sie ahnte nicht einmal, was alles ihres Sohnes Seele in diesem Augenblick durchstürmte.

Langsam war sie auf ihn zugeschritten, legte ihre schmale weiße Hand auf Theobalds zuckende Schulter und sagte mit der ganzen lieben Milde, die sie erfüllte:

»Schau Theo, du sollst nicht so sein. Nicht gar so stolz und so viel zornjäh.« Und als keine Antwort kam:

»Und das mit Fräulein Erna ist so einfach kommen und ist so schön von ihr, so lieb. Hör doch nur! Heut kommt sie auf einmal da herein zu mir in ihrer blonden Lieblichkeit – wie ein Engel. Dann beginnt sie zu plaudern und sagt mir, sie habe gestern in einer Familie von unserem Vater reden hören – so viel Gutes und so viel Schönes, daß sie sich fest vorgenommen habe ...«

»Uns Almosen anzubieten!« stöhnte Theobald auf.

»O nein!« erwiderte die Mutter sanft und lächelte. »Daß es uns nicht glänzend geht, ist ihr ja kein Geheimnis geblieben. Denk doch, wie schwer wir immer den Zins zusammen bringen und nie zum Termin. Und daß wir nichts dafür können für unser Kümmernis, das hat sie wohl selbst geglaubt. Gestern aber, sagt sie, habe sie es bestimmt erfahren. Und da ist sie gekommen und hat gesagt, sie habe bereits heute bei einigen Familien angeklopft, damit du dort Stunden kriegst. Hast du doch jetzt nur eine ... Ach, mein Gott! Fadenscheinige Kleider versperren einem die Türen zu den Reichen! Und deinen Doktor willst du ja doch machen. Und denk dir, gleich zwei haben zugesagt! Und wenn ... Ja siehst du, da hat sie gezeigt, was für ein gutes Herz sie hat – wenn ich vorläufig, hat sie gemeint, Geld brauchen sollte – sie, sie schieße mir gern etwas vor. Und du – du könntest es ja dann zurückerstatten, wenn ...«

»Das hat sie gesagt?« Theobald hatte sich aufgerichtet und schaute die Mutter forschend an.

Sie hielt seine Blicke stilllächelnd aus und umschloß mit den ihren voll Innigkeit des Sohnes schönen dunkelblonden Lockenkopf und freute sich – wie schon so oft! – seines scharf geschnittenen edellinigen und kühnen Schnittes. So schön war er und so stolz, so mannesmutig – ach! so recht eine wahre Mutterfreude und Muttersorg. Aber das bleich werden sehen und darben sehen! Gott weiß es, was sie heimlich litt.

»Ja,« nickte sie dann, »das hat sie gesagt – und getan.«

Er war aufgesprungen und ging einige Male durchs Zimmer, hastig, unruhevoll, in voller Wucht. Und plötzlich packte er die Mutter, drückte sie an sein Herz und wirbelte sie darauf urschnell im Zimmer herum. Es war ein Glückseligkeitssturm, der mit jäher unbezwinglicher Gewalt durch sein Inneres gebraust kam – ein Hoffnungssturm sondergleichen.

Aber diesem Glutsturme folgte rasch die lähmende

Ernüchterung und dieser ein herb-süßes Bangen.

Still ließ er sich von der Mutter zum Abendessen führen, das fast erkaltet war. Als er so dasaß und mit sichtlichem Hunger – jetzt schmeckte es ja nicht mehr so bitter, dieses harte Wort! – und doch ganz in Gedanken versunken aß, schaute ihn die Mutter lächelnd an. Und aus ihren Augen leuchtete ein solches Uebermaß von Liebe und Zärtlichkeit, daß es ihn heiß durchlief, ohne daß er aufgeschaut und den Blick der Mutter in sich aufgenommen hätte. Er langte nur nach ihrer Hand und streichelte sie zärtlich.

Da glitt wieder ein schier schalkhaftes Lächeln über das kleine feine Gesicht der Mutter. Die hatte doch ihr Geheimnischen: sie hatte dem Fräulein Erna ihre ganze Lebensgeschichte erzählt. Sonst tat sie das nicht so leicht – sie war auch ein wenig stolz! – aber dem lieben Mädchen gegenüber konnte sie nicht anders. Das verschwieg sie dem Sohne. Wie würde der aufgefahren sein, wenn er anhören müßte, Erna habe sich erboten, dem halsstarrigen Onkel ins Haus zu fallen! W i e sie das anstellen werde, wisse sie vorläufig selbst noch nicht, hatte sie, schönen Eifers voll, ausgerufen, die Liebe, aber sie werde schon Mittel und Wege finden! O ja, sie werde sie schon finden! Sie möchte denn doch sehen, ob Milde und Nächstenliebe und bessere Einsicht nicht über Stolz und Trotz siegten! Dabei setzte es auch einen kleinen Seitenhieb auf Theobald ab und der Mutter scharfes Auge merkte gar wohl, wie eine Glutwelle über des Mädchens Wangen flog – merkte das trotz der eingetretenen Dämmerung. Mutteraugen sehen durch Nacht und Finsternis und sehen durch Berge und Wände.

Iß du nur ruhig weiter, dachte sie still bei sich, und such nur emsig das letzte, letzte Restchen der seltenen Speise zusammen und tunke mit dem frischen duftigen Brote nur so lange, bis die Teller dastehn, sauber und blank, als kämen sie eben aus dem Schranke.

Als er dies stille Werk getan, lehnte er sich behaglich zurück und blickte sehnsüchtig nach seiner Pfeife, der langen. Leise, ganz leise seufzte er dabei auf. Er wußte ja, die Schachtel, die dort neben der Pfeife stand, war leer – blank leer wie sein Teller ... und seine Tasche. Wie sollte er auch Tabak kaufen, wenn die Mutter, die liebe, kaum zu essen hatte!

»Was der Mensch doch gleich genußsüchtig ist, wenn er den Magen voll hat!« dachte er bei sich.

Die Mutter aber hatte den Sehnsuchtsblick bemerkt. Lächelnd stand sie auf, holte Pfeife und Schachtel herbei und klappte diese vor dem erstaunten Sohne auf – plattvoll war sie mit duftendem Tabak, plattvoll!

Da gab es wieder einen Sturm, einen Freudensturm.

»Und wie hast du denn gleich die richtige Mischung gefunden, Mutting?« fragte er und dampfte gar behaglich darauf los.

»Ist's doch Vaters Mischung.«

Ein Hauch von Wehmut zog durch ihre Herzen, aber er trübte nicht: er vertiefte nur die stille Freude der beiden guten liebevollen Menschen.

Und jetzt fühlte Theobald erst so recht, daß es warm war in dem kleinen trauten Zimmerchen und sah, wie im Ofen schönfarbig die Glut verglimmte. Draußen heulte der Sturm sein Siegeslied weiter und peitschte den wasserschweren Schnee kraftfroh und hohnwild an die Fensterscheiben.

»Heul du nur zu!« dachte Theobald, »deine Musik hat das Schauerliche für mich verloren – bis auf weiteres.«

Leise vor sich hinpfeifend, stand er auf, holte ein Buch

herbei, setzte sich neben die Mutter hin und begann ihr vorzulesen, wie sie es liebte. Sie nahm eine Näharbeit zur Hand und hörte, ganz Freude und ganz Aufmerksamkeit, dem Sohne zu, der so schön und so eindrucksvoll vorlas. Das war ein Abend wie schon lange keiner.

Nächsten Tages löste er seinen Winterrock aus und spottete nun der Kälte, die dem Sturme gefolgt war.

Und Fräulein Erna hatte auch nicht in den Wind geredet: die Anträge auf Stundenerteilung kamen. Gutbezahlte Stunden. Und taktvolle Leute. Die Jungens ausgesuchte Dummlinge, aber seelengute Kerle.

Klopfenden Herzens hatte er ihr bei schicklicher Gelegenheit gedankt, der guten Fee in seiner Not, und war glückselig erschrocken über den holden Klang ihrer Stimme, die er zum erstenmal zu hören bekam. Und hatte scharf gespäht und siegeskühn gehofft, ihre Wangen würden jäh erglühen, süß verräterisch erglühen; aber sie blieben wie sie waren – um einen Schatten bleicher wurden sie eher. Da war er still und nachdenklich von ihr gegangen und blieb still und nachdenklich die ganzen Wochen hindurch, bis endlich die Zeit seligen Gebens herangekommen war – die Weihnachtszeit.

Einiges Geld hatte er sich ja abgezwackt. Klein nur konnte die Gabe für Mütterchen werden – aber er wußte: ihre Freude war groß auf alle Fälle.

Unter dem Geläute der Weihnachtsglocken ging er am heiligen Abend heim. Leicht war sein Gepäck, aber voll sein Herz. Frohgemut blickte er auf zu den Sternen. Ob wohl auch der Stern seiner Hoffnung aufgehn – und ob er Verkünder sein werde der Sonne seines Glückes ... Gott weiß es! Gott füg es!

Unten sah er noch flüchtig auf seine Uhr, die er nach

einigen Semestern eifrigen »Studierens« wieder ihrer eigentlichen Bestimmung zugeführt hatte. Es stimmte: sieben Uhr. Früher durfte er nicht kommen, hatte die Mutter feierlich geboten – und wieder so eigen gelächelt. Dabei zeigte sie die Grübchen auf den Wangen, die es einst seinem Vater angetan hatten.

Als er in den kleinen Vorraum trat, schimmerte durch die Türspalten Lichterglanz. Er klopfte. Die Mutter öffnete und meldete wichtig und geheimnisvoll: das Christkind sei gekommen.

Staunend sah er den Baum stehn, der größer war und reicher, als er hoffen konnte. Weh und wohl wurde ihm dabei ums Herz – ist's Ernas Christkind? Kommt sie vielleicht heute selbst herauf und gibt das Herrlichste, das ihm auf Erden beschieden werden konnte?

Unbemerkt legte er seine Gaben neben die andern, die geheimnisvoll verdeckt waren, unter den Baum; beklommen sah er die Mutter an, die offenbar etwas sagen wollte, was ihr leicht vom Herzen, aber schwer über die Lippen ging. Die leuchtenden Augen kündeten es an, die zuckenden Finger redeten es schon.

»Was ist's?« fragte er unvermittelt und seine Stimme bebte.

»Fräulein Erna hat uns etwas gebracht,« sagte sie darauf stockend.

»Fräulein Erna?« Wieder war es Freud und Scham, Zorn und Jubel, was ihn durchstürmte und quälte.

»Ja, Theobald, etwas, was du, was wir alle nicht erwarten konnten, nicht erhoffen durften: Liebe und Versöhnung ...«

Da trat aus dem verhängten Alkoven – der Onkel hervor, mehr verlegen als freudig bewegt.

17

»Du!! Du hier!?« Freundlich klang das nicht.

»Ja, Theobald, ich. Fräulein Erna ist zu mir gekommen wie ein guter Engel. Sie hat mich bekriegt und besiegt, gedemütigt und beschämt. Aber sie hat mich auch emporgehoben und mir Freude gegeben. Und so bin ich denn da und bitte dich, mir zu glauben, was ich sage. Wie es um euch steht, hab ich erst durch sie erfahren. Und hätt' ich's gewußt – wer weiß! Kurz, sie hat's zustande gebracht. Theobald, laß alles vergessen und laß uns wieder gut Freund sein. Gegenseitig wollen wir wieder alles gut machen aneinander. Und dann« – man sah's ihm an, wie es steinschwer und widerwillig aus seinem Innern heraufkroch – »und dann – ich bitte dich, verzeih mir, was ich deinem Vater und dir angetan hab!« Da war er doch weicher geworden, als er hätte zeigen wollen. Aber Erna hat ihn ja so gründlich zermürbt!

Rasch streckte er Theobald beide Hände hin. Und jäh und herzhaft, wie es seiner leidenschaftlichen Natur eigen war, griff der Neffe danach. Ein warmer kräftiger Druck, ein tiefes Versenken der Augenpaare – und alles war begraben und vergeben.

»Ich dank dir,« sagte der Onkel sodann ganz bewegt. Dann setzte er im Tone der Bewunderung hinzu: »So hat sie also doch recht gehabt, die Fräuln Erna! Sie hat gesagt, du wirst mir ohne viel Wesens zu machen die Hand reichen, denn du bist nicht nur stolz, hat sie gesagt, sondern auch gut.«

»Das hat sie gesagt?« Rasch ging er zum Baume, zog die Hüllen weg und besah sich unter lebhaften überlauten Worten die Geschenke.

Die Mutter hatte den überstürzten Abbruch des gefürchteten Zwiegespräches wohl bemerkt, sagte aber weiter kein Wort. Sie lächelte nur still vor sich hin, umspielt und umschwirrt von heiteren sonnigen Zukunftsgedanken – einer schöner als der andere.

Theobald musterte die Geschenke und dachte: »Reiche Geschenke, schöne Geschenke, überaus kostbar, überaus praktisch – aber alle, alle vom Onkel, keines von ihr ...« Schnell sah er das Unmögliche einer solchen Handlungsweise des feinen taktvollen Mädchens ein und tröstete sich mit dem Gedanken: es käme doch schließlich alles von ihr und durch sie.

Das gab ihm die Seelenruhe wieder. In heiterem Gespräch und mit noch froheren Gedanken verbrachte er den Abend mit Mutter und Onkel, der ganz verwandelt schien und nicht einmal eins über den Durst trank, wiewohl er reichlich vorgesorgt hatte, daß es einen guten Tropfen gab. Diese Selbstüberwindung war bewunderungswürdig.

Mit dem Entschlusse, nächsten Morgen zur schicklichen Stunde hinabzugehn zu ihr und ihr zu danken, schlief Theobald ein. Er hätte nicht sagen können, wann die Gebilde seiner glückbeflügelten Phantasie abgelöst wurden von den Gebilden des Traumes und welche schöner und glückverheißender waren.

Als er sich nächsten Morgens mit dem dunklen Anzuge, den der Onkel unter den Baum gelegt hatte, fein herausputzte, umgaukelten sie ihn wieder, diese Lichtbilder des Glückes und er wußte nicht mehr, was er gesonnen im Wachen und was er gesponnen mit des Traumes Hilfe.

Die Mutter war, ganz eingehüllt in neues weiches Pelzwerk, in die Kirche gegangen.

Eben wollte auch er nach dem Pelze langen, als draußen geläutet wurde. Gleich darauf hörte er die Wohnungstür öffnen und im Vorraume leise Schritte. Kam die Mutter schon zurück?

Da ging nach flüchtigem Klopfen die Tür auf und – Erna stand vor ihm. Sie schien ihm bleicher als sonst und einigermaßen verlegen. Gleich darauf aber sagte sie mit der ihr eigenen Sicherheit:

»Guten Morgen, Herr Volkmar.«

Er erwiderte verlegen ihren Gruß und kam sich in dem neuen Anzuge ungemein gespreizt vor. Stockend sprach er weiter:

»Die Mutter ist nicht daheim und ich – ich wollte eben ... wollte eben hinuntergehn zu Ihnen, Fräulein Erna, mich bedanken ...«

»Sie haben mir nichts zu danken, Herr Volkmar. Ich wollte, ich könnt ...« Sie schwieg. Eine brennende Glut war in ihr bleiches Angesicht gestiegen und rasch wieder versiegt. Starr und totenblaß war es nun geworden. Mit ganz veränderter Stimme brachte sie nun mühsam hervor:

»Herr Volkmar, was ich Ihnen jetzt sagen muß, das durften Sie durch niemand anderen hören als durch mich. Und Sie mußten es zuerst wissen. Vielleicht sollte ich nicht so handeln, aber ich glaube, es muß so sein. Darum bin ich gekommen.«

Er sah sie an und durch seinen Körper ging ein jähes seltsames Frösteln. Sie hatte den Blick gesenkt und sprach das bedeutsame Wort tonlos aus:

»Ich habe mich gestern abend – verlobt, Herr Volkmar.«

Wie er sich auch zusammennahm: es zuckte durch seinen Körper, als hätte ihn ein Schlag ins Gesicht getroffen. Und ganz äußerlich fielen die Worte von seinen Lippen:

»Ich gratuliere, Fräulein Erna.«

Sie sah ihn an, traurig-ernst und tief bewegt.

»Es soll kein Zwang sein zwischen uns, Herr Volkmar, und keine Verstellung. Wenn ich Ihnen weh getan habe ...«

Da richtete er sich trotzig auf. Und hart und herb stieß er die Worte hervor:

»Und deshalb haben Sie das alles getan? Aus Mitleid! Aus purem Mitleid!«

»Nein, Herr Volkmar!« entgegnete sie ernst und fest und ihre Stimme bebte in verhaltener Erregung. »Nicht aus Mitleid! Ich hab's getan, weil ich Sie hochschätze, weil ich Ihnen gut bin, Herr Volkmar. Ich habs getan, weil ich Ihre Mutter lieb habe, so lieb haben kann, wie ich die meine lieb hatte, und ich habs getan, weil ich nicht mitanschauen kann, wenn gute edle Menschen leiden. Es fiel mir schwer, den ersten Schritt zu tun – weil ich sah, daß Sie mir gut sind. Aber ich ließ mich nicht abschrecken. Das einmal erkannte Gute führ' ich aus, je früher, desto besser. Das ist das schönste Vermächtnis meiner frühverstorbenen Mutter. Verzeihen Sie also, wenn ich Ihren Stolz ...«

»Um Gottes willen, nicht weiter, Fräulein Erna! Ich, ich bitte Sie um Verzeihung! Ich bin ja rauh geworden! Ich bitte Sie um Verzeihung!« Aus seiner Stimme konnte sie seine gemarterte Seele herausklingen hören.

Unfähig, ein Wort hervorzubringen, reichte sie ihm wie bittend beide Hände hin. Um ihre Lippen zuckte es.

Da kam es über ihn, er wußte nicht wie. Leidenschaftlich erfaßte er die dargebotenen Hände, schlang seine Arme um das holdselige Kind, preßte es an seine Brust und küßte es, küßte es mit der ganzen Gier eines nach Glück und Liebe dürstenden Herzens.

Bleich und gelähmt von unsagbarem Schreck, lehnte sie eine Weile an seiner Brust. Dann geschah etwas Unerwartetes: sie schlang plötzlich ihre Arme um seinen Nacken und küßte ihn nicht minder heiß als er sie geküßt hatte. Und unter stürzenden Tränen gestand sie ihm:

»Ich liebe dich. Ich liebe dich unaussprechlich!«

Da faßte er sie an der Schulter, schob sie von sich weg, und sah ihr ins erglühte Angesicht wie ein Wahnsinniger.

»Du liebst mich ... Und doch hast du dich mit einem anderen verlobt!«

»Es war der letzte Wunsch meiner sterbenden Mutter. Sie glaubte fest, ich werde glücklich sein mit dem ernsten stillen Vetter Alfred. Drei Jahre schon verschiebe ich die offizielle Verlobung. Ich hab das getan, weil ich an seiner Seite immer so still wurde, wie er selbst ist. Dem Vater aber sagte ich immer, ich sei noch zu jung ...«

»Und jetzt, jetzt hast du's doch getan weil du mich ...«

»Weil ich gefürchtet hab, ich könne nicht mehr die Kraft aufbringen ... O, wüßtest du, was ich gelitten hab die ganze Zeit her!«

»Das darf nicht sein! Das darf nicht geschehen! Du darfst nicht das Opfer deiner Kindesliebe werden! Liebst du ihn denn, diesen stillen Herrn Vetter?«

»Ich bin ihm gut, ja. Aber was Liebe ist, weiß ich erst durch dich.«

»Dann seh er sich vor, dieser Herr Vetter Schweigsam! Mein bist du! Mein durch die Kraft und Heiligkeit unserer Liebe! Darum will ich dich erkämpfen wenn's sein muß mit dem Einsatz meines Lebens!«

»Das wird nicht nötig sein!« sagte da plötzlich eine fremde Männerstimme.

Erstaunt und betroffen sahen sich beide um.

»Alfred!« Bleich und starr stand sie da.

»Mein Herr! Mein Name ist Theobald Volkmar.« Mustergültig förmliche Verbeugung, ein Blick, der alles sagte. Erwiederung weniger steif, aber »tadellos«:

»Alfred Bründherr. Es braucht kein weiteres, Herr Volkmar. Ich bin meiner Base unbemerkt nachgegangen. Zuerst aus Neckerei, dann aus Neugierde. Dann dacht' ich, du könntest ja auch die liebe Frau Volkmar kennen lernen – tret ein und höre Ihre Stimme, mein Herr.« Kleine Pause. Die Blicke aller am Boden.

Alfred Bründherr faßte sich zuerst: »Sie haben ganz recht, Herr Volkmar: Erna darf nicht das Opfer ihrer Kindesliebe werden. Und ich,« hier wurde seine feine Stimme schneidend, »ich will keine Frau, die mich nicht liebt.«

»Hätt' er längst sehen können,« dachte Theobald bei sich und verbiß ein Lächeln. Erna aber unterdrückte es nicht; mild lächelnd sah sie Alfred an und fragte: »Sag mir, Alfred, fällt's dir sehr schwer? Aufrichtig!«

»Schwer wird's mir schon; aber sicherlich nicht so schwer, wie es diesem Herrn da würde, mein' ich. Um es kurz zu machen: Ich gratuliere!«

»Und der Vater?« Die rasche Frage Ernas störte einigermaßen die gegenseitigen, grausam-eleganten Verneigungen der beiden Herren. Alfred lächelte verbindlich.

»Den werd ich schon vorbereiten,« meinte er überlegen. »So viel ich ihn kenne, wird er dem – wahren Glücke« – es zuckte bei diesen Worten seltsam um seine bärtigen

Mundwinkel – »seines Lieblings nicht im Wege stehn.« Und bitter-ernst fügte er hinzu: »Es ist ja zum Glück das Schwierigste nicht zu überwinden: unsere Verlobung ist noch nicht veröffentlicht.«

»Das Schwierigste nennt er das! Und Glück!« blitzte es durch Theobald und ein scharfes Wort drängte sich gegen seine Zungenspitze, ein Wort, von dem er wußte, daß er es mit der Degenspitze werde einlösen müssen. Aber wozu? Der Herr Vetter ist ja so entgegenkommend! Mit einem raschen Blicke unendlichen Wohlwollens umfaßte er die geschmeidige Gestalt des feinen glatten Mannes und sagte dann, in Miene und Ton und Gebärde voll unverschämter Höflichkeit:

»Danke verbindlichst!« Dabei zwirbelte er hastig den blonden Schnurrbart, so daß er fröhlich-frech und herausfordernd vorstach.

Der andere, der, wie der wunderschöne Durchzieher an seiner rechten Wange zeigte, just auch kein Kneifer war, mußte wohl geahnt haben, was im Geiste und Empfinden seines glücklichen Gegners während dieser peinlichen Sekunden vorgehn mochte; denn er verneigte sich forsch und klirrte hervor:

»Bitte sehr!« Dann ging er.

»Ein lieber Kerl!« rief Theobald mit einem Gemisch von Spott und aufrichtiger Bewunderung, als der Mann draußen war.

»Ja,« sagte Erna ernst darauf, »er war immer streng »korrekt«. Und leiser fügte sie hinzu. »Fast mehr, als gut ist.«

»Mehr, als gut ist!« wiederholte Theobald. »Um Gottes willen! Ein ganzes Leben an der Seite dieses Mannes, Erna, ein ganzes Leben!«

»Es wär gewesen wie ein klarer wolkenloser Tag,« erwiderte sie ernst. »Aber wie ein – Wintertag. Du hast mir Sonne und Wärme gebracht, Theobald! Wie werden wir glücklich sein! So glücklich, wie – deine Eltern waren ...«

Da nahm er sie, doppelt beseligt, in seine Arme.

Wieder ging die Tür auf. Schnell und erglühend löste sich Erna los und eilte auf die frohbetroffene Frau zu.

»Mutter!« rief sie leise; aber es klang ein Jubel in ihrer Stimme. »Mutter! Liebe, liebe Mutter!«

Sie ließ sich vor der kleinen zarten Frau nieder und küßte ihr glückfeuchten Auges die schmalen Hände.

Abends waren sie alle drunten um den Christbaum versammelt, den Erna geschmückt hatte.

Alfred Bründherr hatte alles aufs beste eingerenkt. Man feierte abermals Verlobung. Der Vetter war so überaus »korrekt«, zu diesem Feste n i c h t zu erscheinen. Aber er hinterließ ein schönes Wort: er beglückwünsche Theobald, der sich sein Glück im Sturm erobert habe, und beglückwünsche Erna zu ihrer zweifellos sonnigen Zukunft. Was aber auch kommen möge – sie könne ruhig sein: ihr Auserwählter werde aufrecht dastehn und sie zu schützen und zu schirmen wissen in jedem Lebenssturme.

Weihnachtszauber.

Ungewöhnlich lange dauerte es diesmal. Das ganze schmucke neue Haus duftete schon von Tannengrün und Wachskerzen und noch immer klang die Glocke nicht, das liebe silberhelle Glöcklein, das nur einmal des Jahres erklingt, nur einmal ruft und jubelt: am Christabend.

Wieder und wieder glaubten sie's zu hören. Dann sprangen sie auf, lauschten und liefen vor die Tür. Enttäuscht kehrten sie zurück in das trauliche Halbdunkel ihres Zimmers und überließen sich wieder der drangvoll süßen Ungeduld und froherregenden Erwartungsfreude. Und immer wieder ging die kindliche Phantasie, durchwärmt von heller Herzenslust und durchschauert von ehrfürchtigen Empfindungen, ihre krausen Wege. Tastend jetzt und zaghaft an dunklen verschlossenen Türen vorbei – jetzt jäh auffliegend ins Sonnenland des Märchenhaften, einer aufgescheuchten Schar bunter Vöglein gleich, die im Sonnenglanz verschwinden, als hätt' sich ihnen überschnell eine unsichtbare Pforte aufgetan und rasch wieder geschlossen hinter den scheu Entflohenen.

Jetzt schlug die Uhr vom nahen Kirchturm die Stunde. Sie lauschten und zählten.

»Sechs Uhr schon!« rief Klein-Elli betroffen. »Um die Zeit war das Christkind immer schon da bei uns.«

»Ja, mein Gott,« meinte altklug der fast achtjährige Otto, der Aelteste, »jetzt, wo wir da heraußen wohnen, wird's wohl noch später.«

»Ja«, hauchte Elli und ihre Augen wurden groß dabei.

Und Norbert, der jüngste, ließ sein Spielzeug fallen, starrte die beiden Größeren schier angstvoll an und sagte traurig: »Noch später.«

Alle drei sehnten sich in dieser Stunde zurück in die enge, aber trauliche Wohnung drinnen in dem großen Stadthause, hoch droben im letzten Stockwerk. Erst als Otto daran erinnerte, daß der Vater nie so heiter war wie jetzt, wo sie hier wohnten in den schönen Räumen des kleinen eigenen Hauses – erst dann versöhnten sich die kleinen Zürnenden wieder mit dem neuen Heim, wo noch alles, neu und vornehm, sie anrief. »Rühr mich nicht an! Streif nicht an mich an! Stoß mich nicht ab!« Und scheu wichen sie all dem unvertrauten Neuen und Fremden aus und gingen im Kreise um die Ecken. – Wie war's doch drinnen in der Stadt anders inmitten der lieben alten Möbel, die sie alle kannten und die ihnen allerlei zu erzählen wußten aus der geheimnisvollen Morgendämmerung ihres Daseins. Freilich, der Vater kam dort oft mit trüben Mienen heim und ging stumm in sein Kämmerlein. Dann wanderte die Mutter still von der Küche ins Zimmer und ruhelos wieder zurück. Sie sah, was die Kleinen nicht sahen, aber in ihren reinen Herzen dunkel ahnten: daß an ihres Mannes Seite eine graue Gestalt herangeschlichen war und ihre dürre Hand, ach! so vertraut auf seine Schultern legte – die dürre kleine Hand, die so schwer wiegen und so unerbittlich Lebensglanz und Freudenschimmer verwischen kann wie ein feuchter Schwamm die Schriftzüge auf einer Tafel: die Hand der Frau Sorge. Und sie wußte auch, was die Kinder nicht ahnten und ahnen sollten: daß oft an ihrer bescheidenen Heimstatt Tür der Frau Sorge ungestümere Schwester pochte: die Not.

Ein Glücksfall brachte mit einem Male Sonnenglanz in das nebelumflorte Sorgenleben des kleinen kindergesegneten Beamten. Schier betäubt war er von der Größe und Plötzlichkeit dieses Glücks. All die drückenden Schulden konnte er bezahlen, seiner stillen Frau kaufen, was sie sich heimlich oft gewünscht, und seine Kinder kleiden, schmuck und fein und sauber, wie er es längst ersehnte. Und allen seinen eigenen Wünschen Erfüllung bieten. Dabei ging er aber oft über das gebotene Maß vornehmen Schönheitssinnes hinaus und verletzte dadurch das zarte Feinheitsgefühl seines Weibes. Anfangs mit stillem Lächeln, bald aber mit Befremden und endlich mit heimlichem Kummer merkte Frau Herma, wie ihr sonst so bescheidener Mann immer mehr die unleidlichen Manieren eines Emporkömmlings annahm und ein Wesens machte, das der Wirklichkeit gar nicht entsprach. Daß sie fortan sorgenlos leben, daß sie sich dieses Häuschen bauen und sich frohgemut der Stunde hingeben konnten – das war alles. Und das war viel, unendlich viel für Hermas seelenheitre Art; aber es war wenig in den Augen der Welt, die nur aufs Aeußerliche sieht und nicht ahnen kann, wie unsagbar reich ein armes Menschenherz sein kann, tief drinnen in der Brust. Und Herma war reich gewesen von jeher und hielt auch Konrad, ihren bisher so schweigsamen Mann, für innerlich reich und seelentief. Und nun mußte sie sehen, wie er protzte, wie er groß tat vor allen Leuten. Das tat ihr weh. Und sogar der Zweifel bekam allgemach Gewalt über sie. Sie fragte sich, ob ihres Mannes Gemüt wirklich so schlicht sei und so tief bescheiden, als es ihr bisher schien und sie es liebte. Sollte es nur die Sorge, die Not kümmerlich ins Blühen gebracht haben? War das schwere Schweigen nur eine Hülle, die nichts verhüllte?

Heimlich wünschte sie oft, es wäre geblieben wie früher. Lieber ertragen und dulden, lieber sich beugen in Sorgen und Kümmernissen – aber innerlich froh sein können, vertrauensstolz froh und stark in der Ueberzeugung, in sich einen Schatz zu tragen, den uns niemand rauben kann, in sich ein Feuer brennen zu wissen, das durch nichts auf dieser Welt ganz erlöschen und ganz erkalten kann: die Liebe zueinander und das große tiefe herzbeglückende Vertrauen, das solcher Liebe entspringt. Und jetzt, wo alles Gute in ihnen sprießen, alles Edle blühen konnte, wo sie aus dem Sumpfe kleinlicher gemeiner Alltagssorgen auf festes sicheres Land gerettet waren – jetzt sollte sie erkennen müssen, daß ihres Mannes Gemüt seicht, seine Gesinnung oberflächlich sei? Auf wiederholte Bemerkungen, die an sein Feingefühl gerichtet waren, hatte er nur ein Lachen, das in seiner selbstsicheren Unbefangenheit Herma weher tat als etwa eine schroffe Abweisung. War er wirklich nur und noch immer glückberauscht oder stand ihr die herbste Enttäuschung ihres Lebens bevor? Sie wollte abwarten, eh sie zum offenen Kampfe überging oder – still verzichtete.

Er aber lebte froh in den Tag hinein und ahnte wohl kaum, was seine Frau heimlich so tief bedrückte. Erst am Weihnachtsabend, als Herma in voller tiefer Stimmung in ihr Zimmer ging und erwartungsfroh jene Lade aufzog, wo sie den lange treu bewahrten Christbaumschmuck verbarg und er, rasch dazwischentretend, ihr verwehrte, den »alten Tand« nochmals auf den Baum zu hängen, trübten ihm die ersten herben Tränen den Glanz seines jungen Glücks. Herma, sein feinfühliges Weib, weinte sie – jäh und unbezwingbar. Er sah sie an wie vom Donner gerührt. Sie aber wischte sich die salzige Flut rasch von den Wangen, schob die Lade zu und ging von ihm weg – still, wortlos, ohne ihn anzusehen. Ging hinüber, den großen hohen Tannenbaum zu schmücken mit den neuen gleißenden Sachen, die er heimgebracht hatte. Still verrichtete sie diese Arbeit an seiner Seite, unfroh, mit unlustschweren Händen. Und wenn sich ihre Blicke begegneten, senkten sie sich rasch oder glitten aneinander vorbei wie an etwas Unliebem. Auch ihm ging nichts recht aus den Händen und in seine Seele kam eine seltsame Unruhe, ein beklemmendes Mahnen und beängstigendes Drängen – die Vorboten der Reue.

Ueber all dem verging viel Zeit. Und darum währte es heute so ungewöhnlich lange. Und mit den nun verpönten lieben alten Dingen beschäftigte sich unterdessen die heißerregte Phantasie der Kinder. Seit Jahren kehrten sie geheimnisvoll immer wieder, glänzten und strahlten, glitzerten und funkelten aus dem Tannengrün und verschwanden nach dem Heiligendreikönigtage ebenso geheimnisvoll wieder.

Wohin? Das Christkind habe sie wieder geholt, sagte die Mutter. Dem Christkind gehören sie ganz allein und dieses bringe sie immer in dasselbe Haus und verwechsle sie nie. Und je öfter es dieselben Sachen den gleichen Kindern bringe, desto lieber habe es diese.

Und desto lieber gewannen sie auch die Kleinen. Mit heiliger Scheu sahen sie jedesmal zu dem funkelnden Stern empor, der immer hoch oben am Gipfel des Baumes prangte und sich oft seltsam leise bewegte, als wehe überirdischer Hauch um ihn her oder aus ihm heraus. Und darunter das Christkindlein mit dem Goldscheine um das blondgelockte Haupt. Es lächelte und nickte grüßend herab; auf seinen lieblichen Wangen lag ein rosiger Schimmer, aus seinen großen Blauaugen kam ein Leuchten – unfaßbar geheimnisvoll. Diese zwei Heiligtümer hatten die Kinder nie in der Nähe geschaut, nie in den Händen gehabt. Und keines hätte es je gewagt, auch nur den Wunsch zu äußern, sie herunterzuholen. In ein viel vertraulicheres Verhältnis kamen sie allgemach zu den tiefer in den Zweigen hängenden Schaustücken. Sie betasteten sie mit scheuer Neugierde, streichelten sie, nahmen sie wohl öfter behutsam herab und hingen sie aus eigenem Antriebe, oder bedeutsam von der Mutter gemahnt, wieder an ihren Platz – dorthin, wo sie mit zarten Fingern das Christkindlein selbst gehangen hatte. Und jedes der Kinder nahm geistig Besitz von einem bestimmten Gegenstande, der ihm besonders lieb war. Des Sommers oft, wenn trübe Regentage sie in die Stube bannten, sprachen sie unvermutet von all den geheimnisvollen Sachen. Elli am liebsten von einer winzig kleinen Puppe, die, in einem zierlichen Körbchen weich gebettet liegend, sie alljährlich so vertraulich anlächelte, als freute sie sich des Wiedersehens so sehr wie Elli selbst.

Mit heißen Wangen und leuchtenden Augen phantasierte sie eben wieder von ihrem kleinen Liebling und behauptete plötzlich, das liebe Püppchen sei zweifellos ein Spielzeug, mit dem im Himmel droben Lilli, das verstorbene Schwesterlein spielen dürfe inmitten einer Schar fröhlicher Englein. Darum leuchte sie auch immer so himmlisch schön, die Puppe, meinte sie ernsthaft.

Eine Pause trat ein. Alle drei sahen schaurigstill vor sich hin, als sähen sie das von überirdischem Schimmer umflossene Schwesterlein vor sich sitzen und mit den Englein spielen. Plötzlich brach Otto das klingende singende Schweigen.

»Du Elli,« rief er lebhaft, »weißt du, was ich glaub, wo mein Paradiesvogel immer ist?«

»Dein Paradiesvogel? Den kleinen meinst, den am Baum?«

»Ja, den. Der dem Christkind gehört und so viele Farben hat, so schöne.«

»Nun, wo soll er denn sein? Doch auch im Himmel droben beim Christkind – nicht?«

»O nein! Ich glaub daß der immer ein wirklicher lebendiger Vogel ist, ein großer. Ja. Ich hab ihn einmal fliegen sehn.«

»Fliegen hast du ihn sehn?« rief Elli und der heilige Schauer des Wunderbaren durchbebte sie.

»Ja!« sagte Otto, von einem heißen Drange fortgerissen. »Hoch am Himmel droben ist er geflogen. Hoch über die Sterne hin! Und groß war er – groß! Und schön!«

Und das Traumbild einer weißen Glanznacht kühn mit Dichtung mengend, fuhr er lebhaft fort:

»Und weißt du, wo er war? Auf der Erde herunten war er und hat nachgeschaut, ob wir brav sind alle. Und wißt ihr, was er macht? Den Regenbogen macht er! Ja! Mit seinem langen schönen Schweif macht er ihn. Darum hat er so viele Farben – weißt du?«

Er hatte sich ganz heiß geredet und fühlte sich unsagbar beglückt, als er sah, wie Elli sprachlos dastand, des Erstaunens und Verwunderns übervoll.

»Ja, glaubst du's vielleicht gar nicht«, rief der kleine Dichter endlich gekränkt, als Elli gar nichts erwiderte und nur immer mit großen Augen wie traumhaft vor sich hinschaute.

»Aber freilich glaub' ich's!« sagte sie jetzt voll Eifer. »Ich seh's ja! Wirklich wahr – ich seh's!«

Und Norbert, der mit glänzenden Blicken nach Otto geschaut, rief jetzt, angeregt durch die kühne Phantasie Ottos, ganz erhitzt aus: »Ja, und wo ist denn dann mein schöner Bibihahn immer?«

»O, wer weiß, wie's dem ergangen ist,« sagte Otto großartig kühl. »Du hast ihm ja den Schnabel abgebrochen.«

»O nein!« verteidigte Elli den Jüngsten, dessen Gesicht sich weinerlich verzog. »Wie der schöne kleine Hahn zum zweitenmal gekommen ist, hat er den Schnabel schon gebrochen gehabt. Weißt du's denn nimmer?«

»Ja,« meinte nun Otto. »Wer weiß, wo der herumgerauft hat

und mit wem?«

Und immer eifriger umspannen die drei erregten Kinder ihre Lieblinge mit dem goldigen Gewebe naiver Legende. Auf dem klugen weißen Elefanten ritten sie durch ferne Wunderländer, jagten auf der langbeinigen Giraffe durch die schaurige Oede der Wüste und durchschwammen mit dem schwarzen Walfisch, auf des Ungeheuers Rücken in einem zierlichen Häuschen geborgen, das unendliche Meer. Immer heißer wurden ihre Wangen, immer größer ihr Verlangen, wieder das zu sehen, was das Christkindlein nur für sie bestimmt hatte und immer wieder nur ihnen brachte. Und sie nahmen sich vor, mit den kleinen Dingelchen, die sie für verzauberte Lebewesen hielten, recht lieb umzugehn und fragten sich, wo wohl dies und das heuer hängen werde, erinnerten sich, wo es im vorigen Jahr hing und früher. Immer wieder kamen sie auf ihre Lieblingsstücklein zurück und erschraken bis in die Tiefe ihrer kleinen Seelen hinein, als sie nach einem Ausruf Ottos sich vorstellten, was sie wohl täten, wenn die kleine süße Puppe, wenn der prächtige Paradiesvogel oder der stolze kampfmutige Hahn plötzlich in ihren Händen lebendig würden?

Stockenden Atems sahen sie einander an. Da schnarrte plötzlich die elektrische Klingel, die über der Tür angebracht war und sie mit der Bonne, die sie neuestens hatten, zu den Mahlzeiten rief.

»Zum Essen ruft der Vater – und das Christkind?« Enttäuscht standen sie ratlos da, Tränen stiegen sachte in ihre Augen. Und nochmals schrillte die Glocke. Zugleich ging die Tür auf und Gisa, die Bonne rief herein:

»Ja, Kinder! Hört ihr denn nicht? Das Christkind läutet!«

Jetzt klang und sang und rief und jubelte aus dem großen schönen Zimmer auch wirklich das silberhelle Glöcklein. Die

Mutter konnt es sich nicht versagen, es wenigstens in diesem Punkte zu guter Letzt zu halten wie immer bisher. Das stimmte die Kinder wieder warm und erwartungsvoll feierlich.

Sie stürmten in das Zimmer, traten ein – und standen mäuschenstill vor dem großen Baume, der schön und glänzend war wie keiner vorher. Aber von des Baumes Wipfel herab schimmerte ein anderer Stern, schöner zwar, als sie je einen sahen – aber nicht der gewohnte, der liebe und verheißungsvolle Stern. Und er hing steif und still und rührte sich nicht, wie sie auch hinaufschauten. Und ein anderes Christkindlein blickte nieder, lieblich wohl und überaus schön; aber es lächelte nicht so vertraut, wie das, das immer von da droben niedergrüßte. Und in dem Gezweige des Baumes fanden ihre scheu und ängstlich suchenden Blicke die vielen lieben Dingelchen nicht: Elli nicht ihre Himmelspuppe, Otto seinen vielfarbigen Vogel nicht und Norbert nicht seinen stolzen Hahn mit dem abgebrochenen Schnabel.

Staunend, mißmutig fast, sah der Vater den Kindern zu, die hilflos befangen vor der schönen Wirklichkeit dastanden und sich ihrer nicht selbstvergessen freuen konnten, weil sie nicht umglänzt und umsponnen war von der Poesie, in der ihre Seelen unbewußt schwelgten. Mit einem scheuen Blick auf den Vater tat zwar Otto so, als ob's ihn über alle Maßen freute; es kam ihm aber nicht recht vom Herzen.

Norbert war der erste, der laut jubelte, als ihm der Vater, ärgerlich halb und halb verschämt, sagte, das große schöne Hutschpferd gehöre ihm. Elli aber stand schier erschrocken vor einer Puppe, die fast größer war als sie selbst und so hochmütig auf die Verschüchterte niederschaute wie eine große vornehme Dame. Auch sie freute sich ihrer übrigen prächtigen Geschenke wohl – aber es war nicht die jubelnde

Freude wie sonst, es wollte nicht der beseligende Rausch der Selbstvergessenheit über sie und ihre mitenttäuschten Brüderchen kommen.

Endlich fragte sie, ruhelos bedrängt, die Mutter heimlich und leise, so daß es der Vater nicht hören sollte, aber doch wohl hörte: »Mutter, hat uns denn das Christkind nimmer lieb?«

Die Mutter verstand, schloß das aufgeregte Töchterlein warm an ihre Brust und flüsterte ihr zu, das Christkind wollte ganz gewiß nur sehen, ob es den Kindern auch wirklich leid tue, wenn sie nicht mehr fänden, was ihnen allein gehöre. Das sagte Elli schnell und insgeheim den Brüdern. Die brachen in lautes Freudengeschrei aus und Otto wurde zum Propheten: über eine Nacht, und das Christkind könne wiederbringen, was sie so liebten – heute noch vielleicht! Der Mutter Augen begannen zu leuchten und froh und hell wurde wieder ihre Stimme. Lächelnd rief sie den staunenden Gatten und die hoffnungsbelebten Kinder zum Abendmahle.

Als nachher die drei kleinen Ruhelosen wieder in das Zimmer traten, wo der Baum stand, brach ein Jubel los sondergleichen: droben am Baumgipfel glänzte der alte liebe Stern und wehte und bewegte sich seltsam geheimnisvoll wie immer. Und unter ihm grüßte das liebe altgewohnte Christkindlein nieder, fröhlich wie noch nie. Und Elli fand ihre Puppe, Otto seinen flugkühnen Sonnenvogel und Norbert den stolzen Hahn mit dem abgebrochenen Schnabel. Der Elefant war da, die langhalsige Giraffe, der dräuende Wal und alles andere auch, wie immer zuvor. Und nun sank echte tiefe heilige Weihnachtsstimmung in die Seelen der Kinder und der Eltern.

Frau Herma aber ging leisen Schrittes und befreiten Herzens auf Konrad, ihren Gatten zu, der, von den Rauchwolken seiner Zigarre schier traumhaft umhüllt, in einer halbdunklen Zimmerecke sinnend saß. Wie hatte er sich, gebefroh, auf diesen Weihnachtsabend gefreut – den ersten ohne Gegenwartssorgen und ohne Bangen für die Zukunft! Und jetzt? Jetzt war ein Mißklang in den Festjubel gekommen, hatte ein kühler Hauch den Glanz des Abends getrübt. Ein Mißklang? fragte er sich selbst und in seinem Herzen regte es sich warm und weich; abwehrend aber stellten sich trotzige Gedanken davor.

Da kam Frau Herma und lächelte ihn an. Wie leichtes Gewölk im Sonnenbrande verschwanden nun jene glückfeindlichen Gedanken und sein Herz tat sich auf – weit und froh und tief. Aber er verhielt sich still, sah nur das sonnige Lächeln, das er so sehr kannte. Hatte es ihm doch früher so oft die Kraft gegeben, alles von sich abzuschütteln und rüstig weiterzuschreiten – trotzmutig der ungewissen Zukunft entgegen.

Sie erfaßte seine Hand und drückte sie warm. Dabei flüsterte sie: »So soll es immer bleiben – nicht wahr?«

»Ja!« antwortete er schnell und setzte hastig hinzu: »Ich schäme mich. Früher war unser Empfinden bedroht von Sorg' und Kummer, die auf das Gemüt wirken wie Frost und Reif auf die Blumen und Saaten – und jetzt, jetzt hätt' ich bald den Mehltau des platten Philistertums darüber geschüttet. Verzeih mir! Es waren das die Bocksprünge des Glückberauschten, der Uebermut des Befreiten. Du und die Kinder – ihr habt mich wieder auf den rechten Weg gebracht. Im Weihnachtszauber hab ich mich wieder selbst gefunden.«

Frau Herma erwiderte nichts. Sie lehnte nur ihr Haupt an seine Brust und drückte wieder seine Hand. Ihr Auge war feucht geworden und ihr Herz erglühte in dem frohen Bewußtsein, ihr ungetrübtes Glück in ihrer und ihres

Mannes Brust vertrauensstark gefestigt zu wissen gegen alle Stürme des Lebens.

Dieses großen stolzen Gefühles voll, gingen sie schweigend zu den Kindern. Die saßen unter dem Baume und sprachen eifrig und selbstvergessen von dem Märchenleben ihrer Lieblinge, die nun alle Jahre getreulich wiederkamen. Und als die Kinder, herangewachsen, endlich wußten, wer sie eigentlich immer wieder brachte und geheimnisvoll verbarg, da hatten sie sie lieber als je zuvor.

Der Weg zurück.

Den Weg wieder finden zu ihnen zurück! Von ihnen weg war er sonnig-golden, war er blumenreich gewesen und schien unfehlbar ins Land des heißersehnten Glückes zu führen. Jetzt aber führte er quer durch eine unermeßlich weite totenstille, grauenhaft öde Ebene: durch das Land der Hoffnungslosigkeit. Und weit draußen am unbestimmbaren Ende stand ein kleines trautes Haus. Dort lebten die, die sie im Ueberschwange ihrer Jugend, im heißen trügerischen Sehnsuchtstriebe nach erträumtem Glück verlassen hatte: lebten Gatte und Kind. Und warteten auf sie.

Warteten? Warteten sie wirklich? Konnte, konnte es denn sein? Leise und kühn und kühner wagte die todesbange Hoffnung in ihr zu flüstern: ja, es k a n n wohl sein. Es w i r d so sein – es ist wahrhaftig so! Du hast ihn ja, schier selbst noch ein Kind, mit seiner Einwilligung verlassen. Und er, er hat nichts begehrt, als daß Klein-Elli ihm bleibe. Und du – ja, du hast das zugegeben ...

Jählings blieb sie auf den verschneiten Wegen des Stadtparkes stehn und starrte vor sich hin, als blickte sie in einen tiefen Abgrund.

Es ist ein Abgrund! Es ist der Abgrund, der euch trennt. So flüsterte die mahnende Stimme wieder. Daß du ihn verlassen konntest, daß sich das junge lebensfrohe Weib von dem unverstandenen, an Jahren weit älteren Mann wegsehnte – das begriff er ja, so bitter weh es ihm auch tat. Daß aber die Mutter von ihrem Kinde so leichten Herzens fortgehn konnte: das mußte ihn dir entfremden, das mußte ihm sagen: »Sie hat kein Herz, sie ist ärmer als die Aermsten, denn sie kann nicht lieben. Und nun ist sie dahingegangen, die arme Törin – die Liebe zu suchen!«

Ja, so wird er bei sich denken; denn er weiß ja nicht, was du ihm verborgen hast: daß es dir schier das Herz abdrückte, als er das Kind zwischen dich und sich stellte und das arme süße Geschöpfchen, das mit aller Glut seiner zarten Seele an dir hing, gebannt und bezwungen von seinem machtvollen Blicke, sich auf seine Frage, bei wem es bleiben wolle, für den Vater entschied – mehr aus Furcht, denn aus Liebe.

Da hast du etwas getan, was du hättest nicht tun solln: du hast, im Innersten getroffen, wie fröhlich aufgelacht und hell gerufen: »So bin ich doch wieder frei! Ganz frei!« Und dann sprachst du ein so frohgemutes, ein so leichtherziges Lebewohl, als ginge es auf eine Lustreise, von der du, wandermüde, frohen Herzens wieder zurückkommen konntest zu ihm und dem armen mutterberaubten Kinde.

Siehst du, d a s ist der Abgrund, den du ausfüllen müßtest, wolltest du zurückkommen können zu ihm. Kommst du nun auch, eine Enttäuschte, rein an Leib und Seele zurück, könnte er auch dem liebendem W e i b e verzeihen, was es auch begangen habe: der herzlosen M u tt e r wird er die Tür seines Hauses verschließen und sein Kind bewahren vor dem Anblicke derer, die ihm hätte die unversiegbare Quelle sein sollen aller Liebe ...

Wieder blieb sie stehn. In der Hand trug sie Rosen, schöne blühende Rosen. Diese sollten zuerst für sie sprechen, fand sie beim Anblick des großstaunenden Kindes nicht sogleich Worte. Es liebte die Rosen so sehr.

Damals, ach! so flüsterte es wieder in ihr, damals blühten die Rosen in seinem kleinen Garten und verbreiteten einen schweren süßen Duft. Und auf diesen duftigen Fluten schwebte die trügerische Sehnsucht deiner Jugend in die Ferne, eilte die heiße, in Gluten malende Phantasie in einen anderen viel größeren Garten, wo die Rosen standen, vereint zu einem farbenschönen duftwogenden Meere: in den Garten des Schlosses, wo er wohnte, er, den du zu lieben glaubtest mehr als Kind und Gatten.

Und Sehnsucht und Phantasie wurden so machtvoll, daß du eines Abends mitten im goldigglühenden Sonnenschein, umjubelt vom Amselschlage und umwogt vom Dufte der Rosen, vor ihn hintratest und ihm sagtest:

»Ich muß fort von dir! Ich liebe einen andern und darf deshalb nicht länger unter deinem Dache weilen.«

Erinnerst du dich an seine Züge? Wie sie jäh der tiefe gewaltige Ueberraschungsschmerz verzerrte und wie mannesstolze Beherrschung den Sieg über alle die sinneraubenden Gewalten in ihm davontrug ehe auch nur ein einziges Wort sie dir verraten konnte? Und wie er im Gefühle dieses Sieges über sich selbst dich so ohne Herbheit frei gab, wie es nur der Edelsinnige vermag, und sich von dir wandte wie es nur der Starke kann.

Seine S ch ä ch e, die du fürchtetest und doch wieder tief drinnen im dunkelsten deiner Seele erhofftest und herbeisehntest – seine Schwäche und Hilflosigkeit, sein zitterndes Geständnis, er könne nicht sein ohne dich: das alles zusammen hätte dich vielleicht wankend gemacht, dich, die du h e r r s c h e n wolltest über ihn, nicht ihm untertänig sein, wie es die Liebe tut, ohne sich zu erniedrigen. Seine S t ä r k e aber breitete die Winterkälte des Trotzes in deiner noch unreifen Seele aus – und du gingst. Gingst stolz und hoffnungsfroh der erträumten Liebe entgegen.

Und du fandest den Mann deiner Sehnsucht in der Gewalt einer anderen und fandest ihn kleinmütig, platt, alltäglich. Das reiche farbenbunte und farbenprächtige Gewand, mit dem ihn deine Tyrannen, die selbstherrliche Phantasie und die selbstgefällige Romantik, behangen hatten, war ihm abgenommen worden von jenem schönen kaltberechnenden Weibe, in dessen Banden er nun, ein jämmerlicher Schwächling, lag. Zu einem König glaubtest du zu kommen und fandest einen Bettler, der nach Almosen verlangte, als er, erratend warum du Mann und Kind verlassen hattest, mit heißem Begehren zu dir kam. Da aber fand er dich stark und stolz, wie der es gewesen war, dem du entflohen warst – seiner Stärke willen.

Nun trugst du dein Weh und deine bittere Enttäuschung in der weiten sommerschönen Welt umher, bis du in den Nebeln des Herbstes endlich erkanntest: niemand hat dich enttäuscht als – du dich selbst. Von schlimmen Führern: von den Gespenstern deiner krankhaften Romantik, die deine Jugend belebt und beherrscht hatte, wolltest du dich der Sonne irdischen Glückes zuführen lassen – und mußtest zu spät erkennen, daß du diese Sonne hinter dir gelassen hattest, daß sie dir nur geschienen hatte – bei ihm.

Und nun erblühte dir allmählich das süßeste und zugleich herbste Wunder deines Lebens: es wurde dir sonnig offenbar, daß du den und nur den liebst, dem du so weh getan hattest.

Noch in der Stunde dieser frohen Erkenntnis trieb es dich fort aus dem herbstumseufzten Heim deiner Jugend – in die Stadt zurück, wo die wohnten, die du liebtest. Weißt du noch, wie du, so ganz Sehnsucht, daß all dein Denken ohnmächtig in dir war, in stiller Dämmerstunde bis an das Haus deines Mannes flogst? Wie dir dann jäh die Hand erstarrte als sie sich nach der Klinke streckte? Weißt du noch, wie sie mit einem Male wieder in dir aufstand, die bittere Wahrheit, und du ihr ins herbe Antlitz schauen mußtest: als reuiges W e i b , als das gewesene Weib eines anderen selbst durftest du's wagen, an diese Tür zu klopfen, durftest hoffen, daß sie dir aufgetan werde – als M u t t e r aber, die herzlos ihr Kind verließ, durftest du diese Schwelle nie und nimmermehr wieder überschreiten. Das Paradies ist dir verschlossen. Der gesamten Menschheit Los ist dein herbes Einzelschicksal.

So hatte die Stimme in ihr gemahnt und erinnert, gewarnt und geboten. Die Sehnsucht aber hatte sie, ohne daß sie's selber merkte, doch wieder – wie so oft in den letzten Wochen – hinausgeführt durch all die Straßen und Gassen, hinaus bis an sein stilles kleines Haus. Das stand tief in einem Garten, weiß von Schnee, voll weicher runder Linien und seltsam umwoben vom geheimnisvollen Düster tiefer Winterdämmerung. Einige Fenster schimmerten im milden traulichen Schein, der zu sagen schien: Komm! Komm, du arme Verirrte. Und glaube: es gibt nichts, was die Liebe nicht verzeihen und vergelten könnte.

Schon hatte sie die Gartenpforte geöffnet, da sprach eine andere Stimme in ihr, die Hoffnung wohl war es: Laß es sein heute, komm morgen. Morgen erglänzen die Fenster ringsum im Lichterglanze des Weihnachtsbaumes. Da sind die Herzen aller empfänglicher für Versöhnung und Verzeihung; denn es weht ja vom Himmel hoch hernieder der warme Hauch des Friedens. Da aber regte sich wieder die erste Stimme in ihr, die wohl das Gewissen sein mochte. Geh! rief sie, er wird dir nicht glauben, er wird es dir schlimm anrechnen, daß du die heilige Stimmung dieses Abends benützt und du just kommst, wenn die Herzen weicher schlagen und die Tore der sehnenden Seelen weit offen stehn für alles, was Liebe ist und Liebe – s c h e i n t ....

Sie wollte sich eben traurig abwenden, als hastig die Tür des Hauses im Garten geöffnet wurde. Ein Mädchen stürzte daraus hervor. Die Stimme der Mutter ihres Mannes mahnte ängstlich zur größten Eile.

Was geschehen sei? fragte sie das Mädchen, das ihr fremd war. Sie sei – eine Verwandte des Hauses und frage nicht müßig.

Die kleine Elli kränkle schon, seit die Mutter fort sei, entgegnete das Mädchen vertrauensvoll. Und je näher die Weihnachtsfeiertage kämen, desto mehr fragte das arme Kind, ob denn die Mutter noch immer nicht komme? Und als ihr der Vater vor einigen Tagen in ganz ungewohnter und unbegreiflicher Erregung rauh entgegenrief, die Mutter werde überhaupt nicht mehr wiederkommen und Elli solle ihn nimmer um die Mutter befragen – da sei es totenbleich geworden. Und seit jenen Tagen liege es an einem Nervenfieber darnieder. Das habe sich heute so sehr verschlimmert, daß der Arzt sie nach einem zweiten Kollegen sandte. Von diesem weg sollte sie in das Kloster, um dort eine Schwester zu holen, da der Vater und die Großmutter in ihrer Aufgeregtheit nicht mehr fähig seien, das Kind die Nächte hindurch allein zu pflegen.

Jäh schoß der toderschrockenen Mutter aus tiefster Seele ein Gedanke auf. Sie wolle und müsse da helfen, sagte sie zu dem Mädchen. Es solle nur nach dem zweiten Arzte laufen. Sie selbst aber wolle einen Wagen nehmen und eine barmherzige Schwester schicken. So ginge es viel schneller. Das Mädchen, froh, einen Gang weniger machen zu müssen, war einverstanden.

Rasch ging die junge Frau auf die Straße und rief den ersten Wagen an. Sie nannte ihm als Ziel ein vornehmes Modehaus.

In dem Geschäfte verlangte sie den Chef. Sie müsse um jeden Preis – ein Nonnenkostüm haben, das Kleid einer barmherzigen Schwester. Aengstlich fragend hing ihr Blick

44

an den Zügen des Mannes, der ihr in froher Faschingszeit schon öfter die phantasievollsten Kostüme zusammenstellen half. Er nickte. Es dürfte eines vorhanden sein in der Maskenabteilung meinte er. Und es war so.

Rasch fuhr sie in ihre Wohnung. Dort kleidete sie sich um, entblößte sich alles Schmuckes, schminkte ihre erglühten Wangen bleich, zog einige künstliche Falten zwischen die Augenbrauen, drückte den Schleier des frommen Kleides tief in die Stirn – und besah sich ängstlich forschend im Spiegel. Sie war beruhigt: man konnte sie nicht erkennen.

Um sich dem Kutscher nicht zu verraten, nahm sie einen Theaterschal um den Kopf, umschloß sich mit einem dunklen Mantel und ließ sich in höchster Eile zurückfahren in das Haus ihres Kindes.

Klopfenden Herzens trat sie ein. Still und ernst, ohne viel Worte, ohne sie auch nur näher anzusehen, begrüßte man sie und führte sie in das dämmerige Zimmer, wo sich die Kleine in den Gluten eines verzehrenden Fiebers unruhig in den Kissen wälzte.

Mit machtvoll erzwungener Ruhe und ängstlich bedachtem Eifer ging sie an ihr Werk, das ein Rettungswerk werden konnte für drei Menschen. Die Großmutter sah ihr wohlgefällig zu. Sie pflege das Kind, sagte sie nach geraumer Weile, nicht wie eine Schwester, sondern wie – eine Mutter. Eine Sturmflut von frohem Schreck und herben Tränen drängten ihr diese Worte aus wehem Herzen herauf. Sie beugte sich rasch über ihr Kind und küßte dessen brennendheiße Stirn. Die Großmutter ging. Sie war allein mit dem Kinde, mit dem all ihr Glück leben oder sterben mußte.

Spät in der Nacht kam der Vater wieder ins Zimmer. Stumm und ängstlich sah er ihr zu. Sie wagte kaum, zu ihm aufzuschauen. Und doch hatte sie gesehen, daß seine Haare an den Schläfen weiß geworden waren und sein Gesicht fahl und eingesunken. Sie hatte das entsetzliche Gefühl, hinter ihm stehe der Tod und der werde mit der einen Hand nach dem kleinen fieberbrennenden Herzen ihres Kindes langen und mit der anderen nach dem erstarrenden Herzen dieses qual- und reuedurchwühlten Mannes. Sie hätte ihn gern gebeten, er möge gehn; aber sie fürchtete, er müsse jetzt, wo sie allein waren, ihre Stimme erkennen, die sie in diesem Augenblicke wohl hätte nicht verstellen können. Endlich ging er mit einem tiefen Aufatmen langsam und gebeugten Hauptes fort.

Als das Kind in seinen Fieberphantasien laut nach der Mutter rief, beugte sie sich über das arme Würmchen und sagte ihm mit der Stimme der Liebe und der namenlosen Angst, sie sei ja bei ihr, die Mutter, sie pflege sie und gehe nimmer, nimmer von ihr fort. Dann nahm sie es an sich, trug es im Zimmer umher und sang ihm mit leiser Stimme all die Liedlein ins Ohr, die sie ihm einstens in glücklicheren Stunden gesungen hatte. Und es schien, als zöge mit diesem Gesange und mit den Küssen der Mutterliebe endlich Ruhe ein in die phantasiegepeinigte kleine Kinderseele. Mit einem Male schaute sie, stiller geworden, die Mutter lange starr und groß an. Dann stand eine Weile ein seltsames Lächeln auf den fieberverdorrten Lippen und endlich drückte mit weichen Fingern der Schlaf die großstaunenden Augen zu.

Am nächsten Vormittag führte man die lang widerstrebende Nonne endlich in ein anderes Zimmer, damit sie ein wenig der Ruhe pflege.

Das Zimmer war das ihre und war ein Heiligtum geworden – ein kleiner schöner Tempel der Liebe und Pietät: alles stand und lag, wie sie es verlassen hatte an jenem sonnigen Abend, und alles, was von ihr stammte, auch die nichtigste

Kleinigkeit, war hier von liebenden Händen zartsinnig zusammengetragen. – Sie wußte, von welchen Händen.

Umweht von dem Hauche seiner Liebe, war sie in die Knie gesunken und bat Gott um die Kraft, das Werk vollenden zu dürfen, das sie so überschnell begonnen hatte. Sie war so ganz ohne Erinnerung, ob sie es mit vorgefaßtem Willen gewollt hatte, daß sie sich sagte: es sei das Werk einer höheren Macht und es werde und müsse darum zu gutem und schönem, zu beglückendem Ende führen.

In sich gefestigter, wagte sie es, ihre Schritte wieder in das Krankenzimmer zu wenden. Zu ihrer unsagbaren Freude fand sie das Kind noch immer schlafend.

Sie habe ein Wunder an der armen Kleinen geübt, sagte ihr die Großmutter gerührt, ein Wunder, wie es sich der Arzt, der wußte, er habe es hier in erster Linie mit einer kranken Seele zu tun, nur von der M u tt e r des Kindes erhofft hatte.

Wo die Mutter sei, wagte sie jetzt gepreßten Herzens zu fragen, um zu erforschen, wie man über sie denke.

Die Mutter sei fort, entgegnete die Großmutter nach einigem Zögern, und verdiene wohl gar nicht, daß man ihrer hier mit so viel Liebe gedenke. Am meisten leide das zarte empfindsame Kind unter den traurigen Verhältnissen. Es sehne sich immerwährend nach der Mutter, dürfe aber vor dem Vater mit keinem Worte von ihr reden. Er selbst aber treibe heimlich einen förmlichen Kult mit ihrem Andenken.

Die Nonne hatte tief das Haupt gesenkt und entgegnete mit leiser Stimme: die Entflohene habe vielleicht schon längst bitter bereut und getraue sich wohl nicht mehr zurück, weil sie als Mutter ihr Kind verlassen konnte. Sie leide vielleicht nicht weniger als die hier Zurückgebliebenen.

Erstaunt sah die Großmutter auf die unverhoffte

Verteidigerin ihrer Schwiegertochter herab. Dann entgegnete sie etwas hastig: wenn dem so wäre, so hätte die Mutter einfach die Pflicht gehabt, den Weg zurückzufinden, koste es sie, was es wolle.

Vielleicht fürchte sie, daß der Mann wohl dem Weibe, nicht aber auch der leichtfertigen Mutter verzeihen könne, von der er glaube, sie sei herzlos.

Wieder stutzte die Großmutter und sagte dann herb: da habe sie, die Nonne, die ein sehr feines Unterscheidungsvermögen in Frauenliebe zu besitzen scheine, wohl recht, wenn sie das annehme. Ihr Sohn denke und fühle in der Tat so.

Da sank das Haupt der Nonne noch tiefer herab. Wenn die entflohene Frau das wisse, flüsterte sie, dann sei sie wohl nach langem Kampfe dahin gekommen, sich als Strafe gegen sich selbst – die Entsagung aufzuerlegen, wie schwer sie darunter auch leiden möge ... bis an ihr Ende....

Entsagung? eiferte jetzt die Großmutter. Hier wäre es wohl die menschlich schönere und größere Aufgabe gewesen, das verlorene Glück zurückzugewinnen, weil sie damit zugleich die beiden Menschen beglücken könne, die sie verlassen habe. Wo Entsagung einzig nur Zerstörerin sei, da sei sie nach ihrer Meinung verwerflich, sei sie ebenso unmenschlich wie unchristlich. So werde übrigens die junge Frau gar nicht denken; denn für sie, die nicht lieben könne, bedürfe es ja keiner Entsagung.

Jetzt aber warf sich die vermeintliche Nonne der erschrockenen Großmutter zu Füßen und rief, sich selbst vergessend, in ihrer Herzensangst und Pein:

»Ich bin ja gekommen! Ich habe ja gelitten wie er! Wochenlang umschleiche ich schon das Haus da und wage es nicht, den Fuß über die Schwelle zu setzen, weil ich mich fürchte vor ihm! Ich bin nicht die herzlose Mutter, für die er mich hält! Ich bin nur so gewesen damals, weil ich mich nicht beugen wollte vor seiner Größe und vor seiner Stärke! Denn i c h wollte i h n beherrschen, b e m i t l e i d e n wollt' ich ihn können, wie ich zu Hause meine schwachen Eltern beherrschte, und sie bemitleidete und tröstend wieder aufrichtete, wenn sie sich meinethalben kränkten. Glaube mir, ich habe gelitten die Zeit über und bereut und war entschlossen, den Abgrund auszufüllen, den ich selbst aufgetan hatte zwischen ihm und mir. Aber ich wußte nicht, wie ich es anfangen sollte, daß er mir glauben könne, und meinte oft, darüber sterben zu müssen. Da führte mir der glückliche Zufall das Mädchen entgegen, das um Arzt und Klosterschwester geschickt wurde. Und mein guter Genius hat mir den Gedanken eingegeben: sei d u die Schwester! Pflege dein Kind und suche dir den Weg zu seinem Herzen – dann gewinnst du vielleicht auch s e i n Vertrauen und damit sein volles Herz wieder. Und wenn du siehst, daß dir das nicht gelingen könne, dann gehe wieder still und unerkannt von dannen, trage schweigend dein Los und büße deine Schuld bis ans Ende.«

Tieferschüttert hatte die Großmutter zugehört und hätte doch aufjubeln mögen über die unverkennbare Echtheit und erschreckende Größe des Schmerzes und der Reue der jungen Frau. Sie beugte sich liebevoll zu ihr herab.

»Ja«, sagte sie milde, »diesen Plan hat dir dein guter Genius eingegeben. Sei guten Mutes und zeige dich deiner armen Elli als liebende Mutter. Die Sehnsucht nach dir zehrt an ihrem Leben. Sie wäre wohl zugrunde gegangen an dieser Sehnsucht. Dein Anblick wird ihre kleine wunde Seele gesunden. Das hoffte auch der Arzt mit voller Zuversicht. Darum hat Herbert sich auch entschlossen, dich zu rufen. Er telegraphierte an deine Eltern hinaus. Doch von dort kam die Antwort, du seiest längst wieder in Wien. Ich suchte dich gestern, während du schon da an dem Bette deines Kindes knietest, in deiner Wohnung auf. Dort sagte man mir bestürzt, du seiest fort, man wisse nicht, wohin. Ich war zu Tode erschrocken und wußte nicht, was ich mir denken sollte. Doch, jetzt komm! Du findest in deinem Zimmer ein lichtes Hauskleid. Das ziehe an und setze dich zu deinem Kinde, damit es dich sieht wenn es aufwacht. Es hat geträumt von dir. Ich hab's belauscht. Während du dich umkleidest, will ich zu Herbert hinüber und ihm sagen, was sich hier Wundersames und Beglückendes zugetragen hat. Er wird erschüttert sein und Gott danken, daß es so kam; denn er trägt ja zum großen Teil mit die Schuld, daß Elli so krank wurde. Mit seinen Blicken hat er sie damals an sich gebannt, als er sie zwischen dich und sich stellte und hat dich nicht gerufen, wie sehr sich auch das Kind nach dir gesehnt hatte. Komm! Es darf keine Minute versäumt werden. Das arme Kind soll, wenn es aufwacht, finden, wovon es wohl glückselig geträumt hat.«

Und so fand es auch Klein-Elli, als sie aus ihrem stärkenden Schlaf aufwachte. Weit riß sie ihre scheuen blauen Augen auf, als sie an ihrem Bettlein eine junge schöne Frau sitzen sah anstatt der grauen Schwester und starrte lange wie in seligem Schreck nach ihr.

Die hochbeglückte Mutter aber schloß ihr Kind, das sie nie verloren hatte und doch erst wieder zurückgewinnen mußte, in ihre Arme, küßte es, nannte es mit den süßesten Kosenamen und wußte sich nicht zu fassen vor namenloser Freude.

Klein-Elli lag still in ihren Kissen und lächelte glückselig zu ihr auf.

»Gelt, Mutter, du hast mir vorhin schon was vorgesungen? So wunderschön hast du gesungen.«

Die Mutter nickte stumm. Und wieder lächelte Elli vor sich hin. Plötzlich aber kam wieder Schreck und Starrheit in ihre Augen – sie hatte den Vater erblickt, der, von der Großmutter geführt, ans Bett getreten war.

»Vater«, fragte Elli ängstlich, »darf die Mutter jetzt bei uns bleiben – immer?«

»Ja«, sagte dieser mit bebender Stimme. »Wir bitten sie darum und lassen sie nimmer fort.«

Da jubelte die Kleine, legte ihre Aermchen um den Nacken der Mutter und weinte und lachte. Der Vater aber hatte sich neben der Wiedergefundenen niedergelassen, ergriff ihre zitternde heiße Hand und führte sie an seine Lippen. In der Art, wie er das tat, lag sein ganzes Selbst, seine ganze Seele mit all ihrer Wiedersehensfreude, ihrer Reue und ihrer stolzen Ergebung.

Und als Frau Hilda sich niederbeugte und froh erschaudernd den Schnee seiner Haare küßte und ihre Lippen zitternd die seinen suchten, da hatte sie in ihrer Seele das erhebende Gefühl, einem Manne anzugehören, der stolz und immer er selbst bleibe, wie er sich auch erniedrigen möge.

Die Großmutter aber war still hinausgegangen und hatte mit dem Dienstmädchen rasch den Weihnachtsbaum geschmückt, der schon längst im Hause war. Als sie mit dem schimmernden Baume ins Zimmer trat, da sah sie, daß die Augen der drei im Glücke Wiedervereinten heller leuchteten, als alle die Kerzen auf ihrem Baume.

Wie Herr Schoißengeyer zu einem Christkindl kam.

Im Hause Schoißengeyer war kritischer Tag – ein böser Erinnerungstag knapp vor Weihnachten. Von früh morgens bis abends war Herr Schoißengeyer mit verdrossenen Mienen im Geschäfte herumgegangen – einsilbig, mürrisch, brummig. Recht machen konnte es ihm heute keiner. Bei den Mahlzeiten naschte er nur ein wenig – »grad, daß ma halt was ißt«. Und nun saß er schon den ganzen Abend schweigend da und rauchte seine liebe lange Pfeife. Die wenigstens schmeckte ihm – wenn's nicht ein großes Kummerrauchen war.

Frau Marie saß an ihrem Tischchen und arbeitete an irgend etwas. Sie arbeitete überhaupt immer. Von Zeit zu Zeit warf sie einen scheuen prüfenden Blick nach »dem Herrn«. Dann war's immer, als verbisse sie ein Lächeln. Es war aber auch wirklich wahr: die Kummermiene stand Herrn Schoißengeyer geradezu – komisch. Sie wollte in dieses runde gesunde Gesicht nicht passen. Die naiv-hochmütig steifen Linien, die das gewohnte breite selbstbewußte Lächeln unverlöschlich um Mund und Nasenflügel gezogen hatte, wollten sich durchaus nicht in Kummerfalten verwandeln. Und doch währte Herrn Schoißengeyers Seelenweh nun schon ein volles Jahr. Frau Marie sah ihn wieder an.

»Anton!«

»No?«

»Heut is sehr – sehr kalt draußn«.

»Ja!«

»Und ins Schneim und Stöbern wills halt gar nit aufhörn. Wir wer'n heuer bald Schneeverwehungen kriegen – meinst nit?«

»Kann schon sein!«

Nein, so gings nicht. Da hieß es auf einen neuen Gesprächsstoff sinnen. Es klopfte. Die Tür ging auf und Michl, der Geschäftsdiener, brachte zwei mit der letzten Post angekommene Briefe. Einen an Herrn, den anderen an Frau Schoißengeyer. »Der Herr« drehte den seinen bedächtig in den Händen herum und brummte einmal über das andere Mal! »Die Schrift söll i kenna.«

»So mach 'hn halt auf!«

»A so! Hm! Ja! Recht hast!« Er öffnete den Brief und meinte mit Erstaunen in den Mienen, aber mit Gleichmut in der Stimme: »Vom Hannes is er.« Das war sein älterer Bruder. Der hatte sein Lebtag kein »schreibendes Geschäft« gehabt und schon mindestens fünfzehn Jahre nicht mehr an den Bruder geschrieben. Das Lesen der krausen Schrift war recht mühsam. Dennoch wurde Herrn Schoißengeyers Gesicht trotz zunehmenden Staunens immer beruhigter. »Na also!« brummte er befriedigt. Frau Marie achtete nicht darauf. Sie war ganz in i h r e n Brief vertieft. Und ihr Gesicht wurde immer trauriger, immer kummervoller.

»Aha!« dachte Schoißengeyer. »Weiß schon!«

Ihm hatte sein Bruder kurz mitgeteilt, daß der Eduard, ihr Neffe, nun doch zu ihm komme – zum Herrn Schoißengeyer nämlich. Der hatte vor langer Zeit den Wunsch geäußert, sein Geschäft wieder einem Schoißengeyer zu übertragen. Da ihm leider kein Sohn beschieden war, dachte er an Eduard, seines jüngsten Bruders Rudolf Sohn. Doch der Junge wollte durchaus studieren, wie sein Vater, der irgendwo Beamter war. Eduard wies des Herrn Onkels großmütiges Anerbieten damals sehr lieb zwar, aber ebenso entschieden zurück. Schriftlich natürlich; denn die beiden Brüder verkehrten schon seit mehr als zwanzig Jahren nicht miteinander.

Jetzt aber sagte sich Herr Schoißengeyer: »Habs eh gwißt, daß er am End doh kimmt! Ewi Hunger leidn kann der Mensch ja doh nit!«

Die Beamtenfamilien hungerten nach seiner Ueberzeugung alle. Er allein von seinen Brüdern hatte es »zu was Ordentlichen gebracht«. »Zu was Ordentlichem« hieß: Geld, Wohlstand, Reichtum. Er war ein »großer Weinhändler«, besaß eine umfangreiche Wirtschaft und betrieb nebstbei Spekulationsgeschäfte, wenn sie sicher waren »und dabei was herausschaute«.

Wann Eduard komme, sagte des Briefes kurze Nachschrift. »In Eduard schick i dir gleich, in ein paar Tag ist er dort. Der Obige.«

»Na na!« brummte Herr Schoißengeyer mit behaglichem Lächeln. »Der packts aber gach an!«

»Hm!«, machte er dann mit einem Blick auf »d' Frau«. D e r ihr Gesicht war just nicht heiter. »Ja ja, der wird halt von der Thildl sein, der Brief,« dachte er. Und laut brummte er:

»Na – du? Was? Is halt doh so, wie i allweil gsagt hab' – han?«

Frau Marie sah unter Tränen auf und nickte nur. Das »wurmte« Herrn Schoißengeyer.

»Sigst dus!« rief er, »jetzt is's endli amal heraus! Allweil hats gheißn: »I bitt di, sei doh stad! Sie is ja eh glückli!« Pah! glückli! Mit so an! Mit so an Hungerleider – mit so an Maler k a n n ka Kind aus an anständigen Haus glückli sein! Hab is nit allweil gsagt? Han? Jetzt hast du's!« Frau Marie nickte nur wieder.

»Hab i nit recht ghabt? I!« Er war beinahe erfreut darüber, daß er recht hatte. Und er sollte doch jetzt erst recht traurig sein, da es endlich erwiesen war, daß Thilde wirklich »kreuzunglücklich« ist, wie er immer behauptet hatte – immer! Seine Frau – du lieber Gott! die hatte geglaubt, e r werde glauben was sie ihm vormache. Sie hatte sogar geglaubt, er werde am Ende doch nachgeben – er! Er nachgeben! Das hat man von einem »richtigen« Schoißengeyer überhaupt noch n i e erlebt – wirds auch nie erleben! Aufgeregt wiegte er mit ungewohnt großen Schritten seinen rundlichen Körper durch das Zimmer und schnaufte und dampfte, daß es Frau Marie endlich doch zu viel wurde. Er wartete nur auf ihr Losbrechen. Sie aber sagte bloß:

»Aber Toni!« Und es klang so kleinlaut, so lieb, so bittend. Aber das verfing heute nicht. Je mehr man einem Starrkopf – »Dickschädl« sagte Frau Marie – nachgibt, desto größer wird sein Eigensinn.

»Mm!« machte er nur – dampfte weiter, stampfte weiter.

»Toni – du!«

»Mm!«

»Du – du, hörst – heimkommen will's.«

»W–a–as?« Jetzt war es aus mit dem Rauchen und Laufen und Trotzen. Kugelrund wurden seine Augen, kugelrund sein aufgesperrter Mund. »Heimkommen will's – ins Vaterhaus? Hawe die Ehre! Gelt, weil's Hunger leidt, weil's kreuzunglückli is!«

Frau Marie nickte.

»Heut is grad ein Jahr, daß durchgangen is! Durchgangn! Dö Schand! I wuna mi nur, daß i noh leb! Meina Seel!«

»Na weißt, Toni, durchgangen is eigentli nit!«

»Na sonst was!«

»Sie hat dir's ja vorher gsagt! Und schließlich haben's doch gheirat, die zwei.«

»Ah so! Deswegn wird die Gschicht aber nit anders! Um ka Haar nit. Aus is! I will nix mehr wissn von ihr! Sie is dem Windbeutl nachgrennt, hat'n gheirat ohne Elternsegn, soll's a bei eahm bleibn! In m e i n Haus ...«

»Aber Toni! I bitt di um allers in der Welt! Schau, jetzt, weil's wirkli u n g l ü c k l i is! Geh, hast denn gar ka Einseh'n, Mann? Hast denn gar ka Herz mehr und ka Religion? Geh Toni, sei guat! du bist ja a guata Mann! Schau, weißt, und es schadt dir, das ewige Aergern, das.«

»Freili schads mir! Freili! Ihr bringts mi noh unter d'Erdn! Du halt's eh mit ihr – du!«

Herr Schoißengeyer sah sie wild an. Dann rannte er wieder im Zimmer hin und her – dampfte, stampfte, brummte, fuchtelte mit den Händen herum, schob das »Hausherrnkapperl« ins krause weiße Haar zurück, wieder vor, kratzte sich hinter dem einen, dann hinter dem anderen Ohr, blieb endlich stehn und rief, schon wieder rennend:

»Also meinetsweg'n: ja! Soll's in Gottsnam kemma! Gscheita is doh als bei eahm!«

»O du guata guata Mann!«

Frau Marie war schluchzend aufgestanden, Herrn Schoißengeyer mit ausgebreiteten Armen nachgerannt – und an seine Brust gesunken.

»Na so was! Gehst denn nit! Was fallt dir denn ein!«

Sie drehte ihr gutmütiges Gesicht zu ihm auf und lächelte ihn unter Tränen an.

»Ja Frau! Du lachst ja!« Ganz verblüfft war er.

»Weilst halt so viel guat bist!«

Und ehe er sich »derfangen« konnte, hatte Frau Marie ihre Arme um seinen feisten Nacken geschlungen und ihm einen kräftigen Schmatz versetzt – auf den Mund! »Direkt« auf den Mund! So was! Ganz erschrocken riß er sich los und wischte sich rasch und kräftig – den Mund ab. Sprachlos mit weit aufgerissenen Augen. Da mußte Frau Marie laut auflachen.

»Wie man bei solche Nachrichten lachen kann, versteh i nit!« Er drehte sich ganz unglaublich schnell um und arbeitete sich brummend zur Tür hinaus.

Bum! schlug diese polternd zu. So endete der kritische Tag. –

Herrn Schoißengeyers Augen wurden wieder kugelrund vor Erstaunen, als er seinen Neffen Eduard sah. Der war pünktlich zwei Tage später eingetroffen. Das war ein Mensch! In dem lebte alles! Und bildsauber war er: kohlrabenschwarzes Haar, langen schwarzen Bart – in der Form ein wahrhaftiger Christusbart – und Augen! Herrgott, das waren Augen! »Da spritzt's Feuer nur so aussa!« meinte Herr Schoißengeyer und fügte in Gedanken stolz dazu: »Ja mir Schoißengeyer – mir san halt a Raß! Bluat hab'n ma!«

Ueberhaupt war der ganze Mensch, der Eduard, recht nett und lieb und überraschend anstellig. Ja selbst vom Geschäft verstand er, wie sich bald zeigte, etwas ganz vorzüglich: das Weintrinken nämlich. Nicht am Ende zu viel, das heißt: saufen – nein! Dazu war er viel zu fein. Er trank aber den

Wein mit der Ruhe und mit den feierlichen Mienen eines gewiegten Kenners, und gab Urteile ab, die »meistenteils« sogar richtig waren. Er hatte sogleich heraus, daß der oder der Wein »verschnitten« war, sprach über »Bukett« und »Kouleur« des Weines wie über ein gelehrtes Buch, bezeichnete d i e Sorte ganz richtig als zu »speer«, d i e hatte ihm zu viel »Reschn«, d i e zu wenig »Altl« und alle – vertrug er vorzüglich. Auch meinte er geheimnisvoll, nun sei er endlich auf den richtigen Platz gestellt: da könne er seine – chemischen Studien praktisch verwerten.

»Du verfluchter Kerl du!« dachte Herr Schoißengeyer, »praktisch verwerten! Na, ich werd dir geben, dir!«

Sein Geschäft war bisher ein solides. Er half sich höchstens mit – Wasser.

Eduards Stube war immer voll mit »Versuchsobjekten«, das heißt feinen Weinen. Und voll war immer auch sein Kopf – aber nicht vom Weine, sondern von allerhand lustigen Schnurren und »Schnacksen«. Die bildeten eine ständige siegesgewaltige Gefahr für Herrn Schoißengeyers stets bewährte ernste Würde. Bisher lächelte er nur selbstbewußt: Eduard lehrte ihn das unbefangene Lachen.

So war eine fröhliche Woche vergangen. Eines Abends aber wurde Herr Schoißengeyer unbesiegbar ernst. Er schickte Eduard in den »weitesten« Keller hinaus und wies ihm gewaltig viel Arbeit zu, die heute noch fertig sein mußte.

An diesem Abend kam stillbescheiden Thilde heim – die »Durchgebrannte«. Herr Schoißengeyer »erwartete« die »arme reuige Sünderin« in seinem Zimmer. Er war innerlich ganz ungeheuer aufgeregt und mächtig gerührt – aber zeigen? Nein! Um keinen Preis der Welt! Das gibts nicht! Nach seiner Ueberzeugung braucht man Kindern nicht zu zeigen, w i e gern man sie hat besonders – »solchen« nicht.

Hm! Auch war es doch gar zu schön und eine herrlich würdevolle Rolle, so vom hohen moralischen »Standpunkte« aus einer so armen zerknirschten Sünderin ernste väterliche Lehren zu geben, ihr huldvollst zu verzeihen und sie dann emporzuheben in die reine Höhe eigener Sittlichkeit und Moral.

Die Tür tat sich auf und die »reuige zerknirschte Sünderin« kam herein ge–gangen! Wahrhaftig, sie ging ganz aufrecht, so groß sie war, ging, anstatt demütig hereinzuschleichen oder gleich bei der Tür auf die Knie niederzusinken. Nur den Kopf senkte sie tief herab zur Brust. Und stattlich war sie – Herrgott, war die aber frauenhaft geworden! Herr Schoißengeyer fühlte mehr Beängstigung als Freude über diesen Anblick. Denn er wußte: wenn die einmal zu reden anfängt, ist es mit seiner Würde zu Ende. Die konnte so energisch reden, einem dabei so beharrlich anschauen, daß einem der Zorn kommen mußte, ob man wollte oder nicht. Finster drohend sah er sie an. Es begann schon zu »wurln« in ihm – da aber kam die Erlösung: Thilde, die Stattliche, die Gefürchtete, die Streitbare, sie glitt lautlos vor ihm nieder, erfaßte seine Hände und küßte sie. Dann schlug sie langsam den Blick ihrer großen dunklen Augen auf und sagte nichts weiter als: »Verzeih mir, Vater«. Alles andere sagten die Augen.

Die Sprache verschlug dem gestrengen Herrn Vater die Rede. Mit aller Anstrengung nur rettete er seine Würde und seinen väterlichen Ernst. Gelassen, feierlich und strenge im Tone, voll Wohlwollen, voll Herablassung in der Gebärde sprach er: »Steh auf, is alles wieder guat.«

Sie stand auf, ruhig, feierlich, sittsam. Wieder küßte sie stumm des Vaters gütige Hand. Dem gefiel es im Laufe des Gespräches über die Maßen, daß Thilde nichts von »ihm« sprach. Er hatte den Menschen nicht »unters Gesicht«

bekommen. Thilde lernte ihn in Wien kennen. Als sie kam und bat, ob sie ihn dem Vater »bringen dürfe«, schrie dieser, er brauche ihn nicht zu sehen, er wolle ihn nicht sehen, und wenn er dennoch käme, dann – nun ja, dann schmeiße er ihn hinaus. Da zog es der Maler vor, die Gastfreundschaft des Hauses Schoißengeyer nicht in Anspruch zu nehmen.

Weniger wollte es dem Vater gefallen, als er bald nach dem feierlichen »Empfang« in seinem Zimmer Mutter und Tochter in Thildens »Kammerl« droben fröhlich plaudern hörte – sogar laut auflachte Thilde.

»Na wart'!« brummte er. »Du wirst jetzt kurz g'halt'n! Du wirst schaun! Wannst aa a Frau bist – i bi da Vata!«

Beim Abendessen große Vorstellung zwischen Thilde und Eduard – große Augen gegenseitig, großes Schweigen nachher. Selbst Eduard saß heute da, als hätten auch ihm die dunklen Augen der jungen Frau »d' Red' verschlagen«.

Der einzige Vergnügte war Herr Schoißengeyer selber.

»Herr Jemine! Das wär was!« dachte er sich. »Wenn am End die zwei ...!« Ein Schoißengeyer sein Nachfolger – Thilde dieses Nachfolgers Frau – Herrgott, das war was! Ja ja, der Eduard könnt schon derjenige sein, der den andern aussticht bei der Thildl. Von dem Windbeutel, dem Maler, brächt er sie dann schon los. In diesem Augenblick verzieh er ihr sogar, daß sie dem »besseren Anstreicher« zulieb evangelisch geworden war. Jetzt war das ganz gut. So ging das Losmachen leichter. Aber – – aber! Was wird e r zu Thilde sagen, wenn er »das« hört von ihr?! Er war so solid, der ganze liebe Mensch, und so moralisch – o!

Aber Kopf hängen lassen, lang simulieren, – nein! Gleich reden! Ist besser, besonders bei so etwas. Sonst hinterbringen ihm's die Leut – und dann ist's noch schlimmer.

»Du, Eduard – hm!«

»Was denn Onkel?«

»Waßt was – gehn ma aufi in dein Zimmer – da is ma zfad!«

»Bin dabei!«

»Alsdann gehn ma!«

Sie gingen. Draußen platzte der Herr Onkel pustend mit dem verhaltenen Lachen hervor:

»Hast – hast's gsehn! D i e Gsichter! Die dummen! Und die Augen! Zum Zerkugeln!«

Eduard lachte aus voller Kehle mit. Herr Schoißengeyer mußte ihn mahnen, sich zu »derfangen« – denn beleidigen durfte man »die zwei faden Frauenzimmer« schließlich doch nicht. Aber warum denn auch er so fad war heut? fragte er Eduard. Der aber meinte lächelnd:

»Na und du? Warum denn du?«

»Ja i! I hab mein Grund!«

»Welchen, wenn man fragen darf?«

»Ja, das is eben! Kimm nur!«

Droben in Eduards Stube kam er vom Wein aufs Wetter, vom Wetter wieder auf den Wein, von der Farbe des Weines endlich auf – die Maler zu sprechen. Und nun legte er los. So recht nach Herzenslust. Schließlich verstieg er sich zu der Behauptung, daß »alle diese Maler« miteinander nicht so viel wert seien als ein einziger von einem ehrlichen Handwerk. Und überhaupt »alle diese Kinstler und Studierten«.

Eduard schnitt dabei ein Gesicht, als hätte er Essig getrunken. Der Onkel begütigte rasch: »Nit harb sein, Edi –

bist an Ausnahm!«

»Werd mir's merken!« meinte Eduard darauf und lächelte breit. »Aber jetzt komm endlich einmal auf deinen Grund!«

Herr Schoißengeyer kratzte sich verlegen hinter dem Ohr. Und je länger er redete, desto kleinlauter wurde er, desto bedrückter. Denn Eduard saß da wie ein Klotz, so unbeweglich und so teilnahmslos. Endlich war er fertig mit seinen Geständnissen und Enthüllungen. Der heiße Schweiß stand im auf der Stirn.

Aengstlich schaute er Eduard an. Der drehte sein Glas im Kreise. Eine Weile rechts herum, eine Weile links herum. Schließlich schlürfte er bedächtig vom goldigen Weine, hielt das Glas gegen das Licht und meinte gelassen:

»Guter Jahrgang das! Poysdorfer dreiundneunziger – nicht wahr?«

Herrn Schoißengeyer lief es kalt über den Rücken. Förmlich stecken blieben ihm die Augen. Eduard schaute eine Weile ruhig vor sich hin, zündete sich gemächlich eine frische Zigarre an und sagte dann genau in demselben Tonfall, wie vorhin:

»Bedauerlich! Armes Mädl – aber schön!«

»Nit wahr?«

»Sehr schön! Keinen schlechten Gusto der – Herr Maler, hm!«

»Und du – du bist ja ... hm! Wie sagst allweil: Du bist frei von allen Vorurteilen ...«

»Das hat dir aber nie recht gefallen.«

»Mein Gott, i! I bin a alter Mann! Aber ...«

»Nun ja. Ich verurteile sie auch nicht!«

»Brav, Eduard! Bist mein Mann! Bist ein Prachtmensch! Geh kumm, heut stech ma an Rüdesheimer an!«

Beim Rüdesheimer redeten sie noch lange und – sehr gescheit.

So endete der erste Tag nach Thildens Heimkehr. –

»Ich verurteile sie auch nicht!« Hm hm! Ja ja! Das war nicht bloß geredet! Er benahm sich auch ganz danach, der Eduard. Eine Freud war's! Wie er sie nur oft anschaute! Und sie, sie schaute ihn auch an – so eigen. Hm. Und einmal wurde sie ganz rot, als er sie so anschaute und ließ den Löffel in den Teller fallen vor lauter Verlegenheit. O! Wie wär Herr Schoißengeyer da früher dreingefahren »in solche Unmoralitäten!« Aber jetzt! Mein Gott, man wird eben auch nach und nach frei von – den Vorurteilen. Der Mensch lernt nie aus. Und dann handelt es sich doch um die Zukunft seines – Hauses ... und wenn man's genau nimmt, immerhin auch um die seines Kindes. Jawohl!

Es machte ihm eine große heimliche Freude, den beiden aufzulauern, sie möglicherweise zu ertappen, zu belauschen und dann zu tun, als hätt er gar nichts bemerkt, gar nichts gehört. Freilich die jungen Leute waren sehr vorsichtig. Herr Schoißengeyer fand dies auch ganz begreiflich und war »allweil gut aufgelegt«.

Als er aber eines Tages Eduard beobachtete, wie er der Thilde so nachblickte, so – so ... hm! Den Schnurrbart drehte er dabei, pfiff leise vor sich hin und lächelte so – so merkwürdig. Wirklich so merkwürdig. Sonderbar! Höchst sonderbar! Da packte Herrn Schoißengeyer der helle Zorn und – die Angst. Wenn der Eduard am End, weil die Thilde ja doch ... Das wär denn doch! Dann müßte er aber schon! Aber nein! Nein! So schlecht ist der Mensch nicht. Der gewiß nicht. Er kennt ihn ja schon: ein ehrlicher Kerl durch und durch! Nichts zu reden weiter.

So meinte auch »d' Frau«, als sie ihn bald danach fragte, ob er denn gar nichts merke zwischen den Zweien? Frau Marie sah ihn dabei groß an und lächelte dazu so – nun auch so eigen, aber doch so lieb, daß er sie hätte küssen mögen – wenn sich dies für einen alten ehrsamen Mann »überhaupt« geschickt hätte.

Das Hausgesinde war mit dem »alten ehrsamen Mann« jetzt sehr zufrieden. Er tat gerade so, als ob er blind wäre gegen alle Fehler, ging oft leise pfeifend durch die Räume, wo er sonst Furcht und Schreck verbreitete, war sogar manchmal – freigebig und lachte über die dümmsten Witze. Laut sogar! Ganz gegen alle Würde. Aus alledem »spannten« die Leute etwas. Er aber merkte, daß sie etwas spannten und war – auch zufrieden.

So kam Weihnachten heran, die Zeit seligen Gebens und glückseligen Nehmens, die stille Zeit des Friedens.

Und Friede sollte nun wohl bald einkehren in sein Haus und in sein Herz: alles stand so, wie es sich Herr Schoißengeyer nicht besser wünschen konnte.

Am heiligen Abend kam er etwas verspätet von seinen Einkaufgängen zurück. In manchen Häusern des stillen Städtchens brannte schon der Weihnachtsbaum.

Als er im Straßenlichte seines ehrsamen Firmaschildes verblichene Goldbuchstaben schimmern sah, dachte er schmunzelnd:

»Na, vielleicht heißt es bald: »Anton Schoißengeyer und Neffe«. Vielleicht schon von Neujahr an!«

Er schlich unbemerkt zu der Tür des Zimmers, wo seit

alterszeiten her der Christbaum für die kleinen Schoißengeyer aufgestellt wurde. Und wie einstens der Knabe so stand nun der alte Mann und Vater an dieser geheimnisvollen Tür – und lauschte. Er hatte Eduards Stimme gehört und gleich darauf Thildens helles Lachen. Jetzt aber rief sie ängstlich aus:

»Ach, Eduard! Ich kann dir gar nit sagen, wie mir ist! Was wird der Vater sagen! Ach Gott, wenn nur d a s schon überstanden wär!«

»Ja und Amen wird e r sagen, Thildchen! Mein liebes liebes Thildchen!«

Da hielts den Alten nimmer: vollbepackt, wie er war, stürmte er in das halbdunkle Zimmer, ließ dort die Schachteln und »Packln« polternd fallen, eilte auf die verblüfften jungen Leute zu und schloß sie in e i n e r Umarmung an seine Brust.

»Kinder! Kinder!« Mehr brachte er nicht heraus. Dafür aber küßte er zum erstenmal in seinem Leben ganz aus eigenem Antriebe seine zitternde Thilde und auch den wahrhaftig mehr als erstaunt dreinblickenden Neffen.

»Ja und Amen! Meinen Segen, Kinder!« Und dann an der offenen Tür: »Mutter! Frau, Frau! Schnell kimm! 's Christkindl is da! A Verlobung hat's bracht! A Verlobung!«

Die Mutter kam jetzt sehr erhitzt herbeigerannt.

»Still sein jetzt!« befahl Schoißengeyer fröhlich. »Erst den Baum anzünden! Dann r e d i!«

Man gehorchte. Aber merkwürdig kleinlaut machten sich die drei an die Arbeit. Und allen dreien zitterten die Hände. »Ja 's Glück! 's Glück!« dachte Herr Schoißengeyer und stellte sich mit sehr viel Selbstbewußtsein neben den im vollsten Lichterglanze prangenden Baum. Jetzt aber kam das Zittern an ihn. Ja das Reden! Es ist halt doch immer eine eigene Sache das! Er wischte sich die Stirn ab, räusperte sich und begann endlich:

»Alsdann, daß i's kurz mach: ihr seid's verlobt ...« Er stockte: Wie die Drei da wieder lächelten! Hm! Wenn die Angst lachen könnt, just so müßt sie lachen, dachte er. Dann aber rief er beleidigt:

»Na! I red nix mehr! Oes lachts mi ja aus alle miteinander!«

»Aber nein, Vater!« sagte jetzt Thilde mutig. »Wir lachn ja nur, weil – weil ... Weißt Vater, weil d u   u n s zwei v e r l o b e n willst ...«

»U n s zwei! U n s zwei! Was sagst denn das so? Und is das was zum Lachen?«

»Aber ja! Natürlich, Vater! Wir zwei, wir sind ja nämlich schon längst – verheiratet ...«

»Wa–as ...?«

»Ja, Vater! verzeih – das ist nämlich m e i n Eduard – der Eduard Flemming, der Maler ...«

Herr Schoißengeyer sah Thilde sehr bedenklich an und machte dann, gegen die Mutter gewendet, eine Handbewegung nach der Stirn, als wollt er sagen: »Mir scheint!«

Frau Marie aber trat zu ihm hin und sagte sehr lieb und sehr befangen: »Ja, Toni – es ist so, wie sie sagt.«

»Macht's kan dummen Spaß mit mir! Hört's! Der Hannes, mein Bruder hat doch gschriebn!«

»War einverstanden!«

»Und der Rudolf, in Eduard sein Vater?«

»War einverstanden!«

Jetzt kam der kritische Augenblick: Herr Schoißengeyer wollte wild werden. Da aber sank Thilde wie bei ihrer Heimkehr zu seinen Füßen und blickte stumm zu ihm auf. Und stumm flehten ihre großen dunklen Augen. Und Eduard – tat das gleiche. Und die Mutter – tat das gleiche.

Da lachte Herr Schoißengeyer laut auf. Das klang zunächst geradezu fürchterlich: zornig, wild wütend und so recht eigentlich wie ein lautes heulendes Weinen. Dann aber wurde er milder, und endlich rannen dem guten alten Selbstling wirklich die Tränen über die erst zornesbleichen, dann schamrot brennenden Wangen.

»Verzeih uns halt allen,« flehte Frau Marie gerührt. »Wir stehn nit früher auf.«

»In Gotts Nam. I kann ja nit anders!« – Nun wurde e r in e i n e Umarmung eingeschlossen von den glücklichen Dreien.

Thilde war die erste, die sich loslöste. In frauenhaft freudiger Erregung und liebevoller Eile huschte sie ins Nebenzimmer. In frauenhafter R u h e und leuchtender Glückseligkeit kehrte sie in wenigen Augenblicken wieder. In ihren Armen aber trug sie ein süßes Etwas, eingehüllt in eine duftige Wolke von Spitzen und Schleiern. Mit einem liebwarmen Blick nach dem Vater sagte sie voll holder Scheu und voll schlichten Stolzes:

»Vater, da schau her! Da bring ich dir – 's Christkinderl! Wir habens erst heut kommen lassen.«

Herr Schoißengeyer beugte sich über die Wolke von Spitzen und Schleiern – und sah ein rosiges Kinderangesichtchen.

»Um Gottes willen, was ist denn das?«

»Das ist unser Kinderl, Vater! Toni heißt's wie du – ist aber ein Mäderl.«

»Was! A Kind habt's aa schon und i waß nix davon?«

»Ja, weißt Vater – schau, was hätt's denn auch gnützt? Und dann – sag's du, Eduard!«

»Ja, Vater, siehst, das war so. Grad damals hab ich mir dacht: so geht's nimmer weiter. Da muß was gschehn! Und da ist mir der ganze tolle Plan eingefallen, dich so im gutem, weißt ...«

»Herumzkriagn! Nit wahr? Den altn Dickschädl den! Wirst dir denkt habn.«

»D e n k e n kann man sich so etwas schon ... und du – du darfst's auch sagen!«

»Hm! Du! Na wart nur! Hahaha! Das wird angfeucht! So was! Hohohaa! Aber schen war das von enk alle nit, daß ...«

»Ja mein Gott, Vater, schau! Wie anders wärn wir denn zum Ziel kommen auf gute Weis? Thilde tät sich noch immer die Augen ausweinen – und jetzt ist sie glücklich! Und wir alle – du auch! Leugne es nur nicht!«

»In Gotts Nam ja! Ich auch!«

An diesem Abend wurde wieder ausnahmsweise Rüdesheimer »angestochen« – aber nicht bloß e i n e Flasche. Und schließlich war es nicht der Rüdesheimer allein, der »angestochen« war.

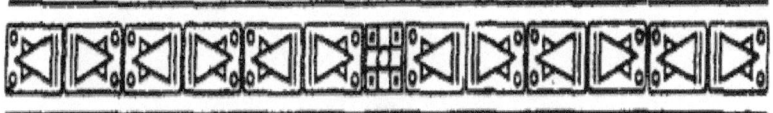

Assistent Frickenberg.

Er hatte soeben ein Telegramm aufgenommen. Ein Privattelegramm. An sich selbst. Es brachte ihm sein moralisches Todesurteil, riß grausam die letzte feste Stütze um, auf der seine Daseinsfreude, sein ganzes Lebensglück noch ruhte: die Hoffnung. Die letzte schwache verzweifelnde Hoffnung ...

»Nein!«

Nichts sonst enthielt die Henkersdepesche.

Alle Freuden und Sorgen, aller Glücksjubel und all die Seelenqualen von der Rosendämmerzeit der Kindheit bis herauf zum blühenden frohbewußten Mannesalter, alles Licht seiner Seele, die Wärme seines Empfindens – alles, alles war ausgelöscht, war zerstoben und begraben durch dieses eine kalte entsetzliche »Nein!«

Die Apparate klapperten unaufhörlich. Die Nadel der Bussole schwankte und pendelte. Langsam – schneller; ermattend – aufflackernd: der getreue Pulsschlag des regen funkenentsprungenen Lebens in dem weitgedehnten starren Drahtgespanne.

Mit jenem Blicke, der wohl sieht, aber nichts der Seele, nichts dem innen quellenden Leben vermittelt, sah er über die Ruhelose hinweg zu den hohen wunderlich gestalteten vielgezackten Felsenbergen empor. Sie standen schön und klar in herrlicher Winterpracht – ein steingewordener launenhafter Schöpfergedanke. Und hinter den Bergen ein Winterabendhimmel mit seinen ersten flimmernden Glanzsternen und seinem blassen kalten Farbenzauber, der vom Sonnentode kündet und zugleich scheue Träume spinnt von kommenden Frühlingsfreuden ...

Er sah in die Stille des Abendhimmels empor. Und sein Auge blieb unbeweglich hangen an dem funkelnden Abendstern, der Venus. In ihm aber blieb es starr wie dort droben all die absonderlichen Zinnen und Zacken und Grate. Auch in seiner Seele tiefsten Tiefen war es Winter geworden – und Nacht. Und keine Frühlingshoffnung durchwärmte sie – keine Hoffnung auf den kommenden Tag ...

Sinnentot, hörte er kaum noch das nervenaufregende pochende und hämmernde ungeduldig-drängende und zornige Klappern der Apparate – draußen aber das Lied, das fröhliche jubelnde, ihn unbewußt höhnende Lied, das klang an sein Ohr, dem lauschte er unwillkürlich. Es war ein schönes helles Frühlingslied – jenes von Uhland, mit dem hoffnungsfrohen Verse: »Nun muß sich alles, alles wenden!« Es schien, als sänge unsichtbar, hoch vom Himmel hernieder, der Frühling selber der erstarrten Natur ein Trostliedlein, ein Lied der Hoffnung. Er kannte den Sänger und wußte: auch d e r durfte hoffen. Auf ein großes, auf ein reiches allgesichertes Glück. Der dort draußen, der trägt sein Glück in sich, so tief, so lebenswarm, so weltendaseinsfroh, wie einst er selber ... Doch jener konnte sein Lieb heimatfreudig und besitzstolz in ein gesichertes Heim führen, er stand seelenruhig auf festem Grunde ... Und sein Lieb, es hatte alles was s i e hatte, die erst noch so Blühende – sie, die jetzt drüben bleich und fiebernd liegt in dem unheimlich großen und fast leeren Zimmer mit seinen dunklen flüsternden Ecken – alles: Seele, Herz, Gemütstiefe, Schönheit und frohen Sinn. Aber jene hatte auch reichlich, was die Seine nicht gehabt und auch er nicht: Geld ...

Sie setzten ihre Lebensfreude und ihre Hoffnungen, ihr ganzes stolzes Glückesträumen in den scheinbar festen sicheren Grund ihrer jungen großen Liebe – und in ihre blühende Gesundheit. Aber dem gabenreifen fruchtersehnenden Boden fehlte der goldene fördernde und erhaltende Dünger: das Geld ... Und allmählich wucherten auf ihrem verdorrenden Lebensacker, dem Unkraute gleich, Sorgen und Kümmernisse. Und sie wuchsen und wuchsen und drängten die unbefangenen glücksfrohen Freuden zurück in die verschwiegensten Tiefen ihrer Seelen. Noch so jung, wußten sie beide schon, daß sie glücklich – gewesen.

Und e r , der hätte kommen können, um hilfefreudig alles zum Guten zu wenden, er, der mit vollen Händen tausendfach hätte geben können, was ihm fehlte – er ließ durch den blitzesschnellen Funken sagen: »Nein!«

Durch ihr jungblühendes Liebesparadies war an der Seite der bleichen Not die Versuchung gezogen – und hatte gesiegt! Und ihre mächtige Bundesgenossin war – die Liebe ... Sie hatten gesiegt über Pflicht und Ehre ...

Dort hatte sie ihn hingedrängt, die bittere Not, dort zur Kasse. Und die Versuchung hatte sie geöffnet und gesprochen: »Nimm!« Und die Liebe flüsterte: »Um deines kranken Weibes willen, das stirbt, kannst Du ihm nicht bieten, was es haben m u ß !« Und sanft und zuversichtlich sprach – es klang so seelenwärmend und zukunftssicher – die Hoffnung: »E r wird helfen! Er m u ß helfen! Dem M e n s c h e n muß er helfen als Mensch, will er auch nicht den Neffen retten als erzürnter starrköpfiger Oheim!«

Und der antwortete auf seinen Verzweiflungsbrief: »Nein!«

Er war also nicht bloß ein kleinlicher Starrkopf, der alte Soldat und reiche Gutsbesitzer, der dem Neffen gram war und ihn enterbte, weil er den »glänzenden« Waffenrock auszog und das geliebte geldarme, aber seelenreiche Mädel zu seinem Weibe machte: er war ein herzloser Geldmensch, ein Unmensch, grausamer als das Unrecht, unerbittlicher als der Haß ...

Und daß er, der hilflose Assistent, ein Besiegter war jener dunklen zwingenden Mächte – es konnte täglich, es konnte stündlich entdeckt werden ... Und dann ...

»Herr Assistent, Sie werden gerufen ...« Es war der alte Stationsdiener Püregger, der ihn angesprochen hatte.

Frickenberg stand auf, langsam, unsicher, tastend, wie aus tiefem Rauschschlafe.

»Von wem?«

Der Alte zeigte schweigend auf den rufenden Apparat. Sprechen k o n n t e er nicht, der Blick seines Vorgesetzten, sein Aussehen – es war zum Erbarmen! Einst freilich hatte er ihn nicht recht leiden mögen, den so leicht erregbaren, im Dienste unerbittlich strengen, kurzangebundenen jungen Herrn. Als er ihn aber vor einigen Wochen ungesehen beobachten konnte, wie er gestützten Hauptes dasaß und ein unbezwingliches Erschaudern, ein Weinkrampf schier seinen kräftigen Körper durchrüttelte – da tat er ihm bitter leid. Und seither hatte er ihn auch lieb – den Leidensgenossen!   Den   j u n g e n   gebildeten Leidensgenossen, der so viel mehr und reicher denken konnte als er, der Alte, Ungebildete. Und d e n k e n ! In Not und Gram und Kummer und Verzweiflung! O, er kannte das! Da kommen die stürmischen Qualgedanken und rütteln wie die siegessicheren Feinde an den Pforten der Vernunft oder schleichen sich wie Schlangen heran und zeigen verlockende Bilder gewaltsamer gesetzverpönter Selbsthilfe – oder Bilder verzweifelnder Erlösung ... Es ist dann gerade, als tät' einer winken: »Komm, mach' schnell! Mach' ein Ende!« ... Ja, das kannte er, der stille Alte, der knorrige Graubart. Darum konnt er jetzt nicht sprechen, darum blieb sein tiefgefurchtes wetterzerrissenes Gesicht starr und unbeweglich.

Frickenberg setzte sich an den Apparat. Eine Flut ungeduldiger Worte des erregten Kollegen der nächsten größeren Station las er gedankenlos ab, h ö r t e sie förmlich mit der zornigen Stimme jenes wohlbekannten Erregten.

»Zug 17 kreuzt mit Zug 268 dort. Zug 3 fährt dem Zug 15 dort vor.«

Gewohnheitsgemäß spielte er auf dieses Diensttelegramm die üblichen Bestätigungen ab, trug die Depesche gewohnheitsgemäß in das »Telegraphen-Journal« ein – dann klapperten die Apparate verdrossen weiter, die Bussolennadel zitterte, bebte, schwankte und pendelte. In ihm aber blieb es noch immer still. Seine Seele hörte nicht und empfand nicht.

Drei grelle Glockenschläge.

»Das Signal vom Achtundsechziger« sagte Püregger, um den in sich Versunkenen aufzumuntern.

Frickenberg stand auf, setzte die rote Kappe zurecht und schritt zur Tür.

»Den Mantel, Herr Assistent! Es ist sehr kalt draußen. Sie könnten sich leicht erkälten.«

»Und wenn ...?« Es zuckte über sein bleiches Gesicht – es sollte wohl ein Lächeln sein. Dem Alten tat es im Herzen weh. Und des Beamten starrer Blick beunruhigte ihn. Er sah drein wie ein Betrunkener, wie einer, der nicht recht ...

Der Zug kam. Es wurde verschoben. Lange, unwillig. Es war ja so kalt und Weihnachtsabend. Frickenberg mahnte nicht, trieb nicht an, ließ alles gehn, wie es ging. Erstaunt sahen ihn die Zugbegleiter an. Was hatte er denn heute, der »schneidigste Assistent« der Strecke? Einer lächelte dem anderen verständnisinnig zu und wünschte sich selbst einen recht heißen, recht starken tiefen Trunk ...

Da kam die Zugmaschine wieder, glutäugig pustend und schnaubend, in hastiger Ungeduld und eingehüllt in eine wirbelnd wallende, jäh zerstiebende Dampfwolke. Und ihr voran auf den eisglitzernden Schienen lief ein glühend roter Schein, schlangenartig, züngelnd, nach ihm langend. Und er ging den zuckenden schillernden Schlangen entgegen – es zog ihn widerwillig hin, unbezwinglich ... Wie im Zorn gellte die Lokomotive – er wankte zurück. Drüben das matterleuchtete Fenster – nein! Jetzt nicht! Nicht ohne sie! Sie war ja bereit.

»Wenn es nicht anders geht, machen wir ein Ende.«

So sagte sie vergangene Nacht. Und nun war er am Ende ...

»Gehn ma?« fragte der Zugführer, auf die Uhr schauend.

Frickenberg nickte, zog seine Uhr hervor, verglich sie auch mit jener des Maschinführers und rief Püregger zu, das Signal zu geben.

Langsam kroch der schwere Zug die Steigung hinan. Die Wagenräder klirrten, rollten, kreischten, klapperten, sangen. Die mächtige Bergmaschine keuchte schwer und tief und sandte gewaltige Feuerwolken in die sinkende Dämmerung hinein. Hochauf flogen dicke weiße zitternde Ringe. Darunter wogte und wallte, quirlte und kreiste es und mengte sich ineinander blutig rot, gespenstig weiß und abscheulich schwarz – vielgestaltig, blitzschnell wechselnd, phantastisch, dämonisch.

Frickenberg starrte auf das oft geschaute Bild hin, als sei es ihm etwas Neues, Fremdes. Und in ihm kam ein Gefühl auf, als drohte ein Unglück.

Kaum war der Signalwagen über den Ausfahrtswechsel, als zwei Glockenschläge die kalte dünne Luft durchzitterten, grell, hastig, drohend, wie schadenfroh jauchzend. Und wieder zwei und wieder – das Signal für den Zug 17! Für den Personenzug, der hier in der Station mit dem eben ausfahrenden Güterzug kreuzen sollte und in der kürzesten Fahrzeit kam, da er verspätet war.

Die nahe unabsehbare Gefahr machte ihn rasch zum Herrn der verhängnisvollen Lage.

»Geben Sie 'Alle Züge aufhalten!'« rief er Püregger zu und entriß ihm die Laterne.

Dann rannte er schnellbeinig, kraftsicher dem Zuge nach. Er sprang über Wechsel hinweg, über Schienen und Schotter, über Gräben und Leitungsdrähte und schwang die Laterne in mächtigem Kreise – das rettende Signal, das den Zug zurückrufen sollte, ehe es zu spät, ehe er das während des Verschiebens auf »Halt« gestellte Distanzsignal überfahren und in den tiefen, in scharfer Biegung liegenden Felseinschnitt kam – dort war der Zusammenstoß unabwendbar. Er sah mit dem scharfen Auge des Verzweifelten im Dunkel den Stockmann auf seiner Bremse stehn – mit dem Rücken gegen ihn. Nahm dieser Mann das Signal nicht auf, dann ... Er rief, schrie, pfiff, schwang unausgesetzt die Laterne, stürzte, eilte mit verletztem Knie weiter und weiter.

Die vereisten Schienen erschwerten glücklicherweise die Ausfahrt sehr und verlangsamten sie – vielleicht erreicht der Zug nicht früher ... Nein! das nützte nichts! Dort droben stand das Distanzsignal – und zeigte auf »Frei!« Frei für den einfahrenden Personenzug – frei für den Siegeszug des Verhängnisses und des Todes ...

Eine Sekunde stand er wie gelähmt. Unversehens streifte

seine Hand die Rocktasche. Ein rascher Griff, ein Blitz und scharfer lauter Knall – der Revolver, der sein Erlöser werden sollte, war zum Retter geworden für all die Ahnungslosen in dem nahenden Zuge: der Stockmann hatte den Schuß gehört, wandte sich um, sah das hilfeheischende Signal, gab es weiter, sprang ab, lief vor – und endlich, endlich schwankten die bedeutungsvollen Lichter den Zug entlang ... Eines – zwei – drei ... Schrill gelte der erlösende Pfiff der Lokomotive. Es klang wie ein Schreckensschrei. »Achtung! Bremsen an!«

»Zurück! zurück!«

Frickenberg stand, einen Fuß auf die Birne des Einfahrtswechsels gestützt, wie angewachsen, wie angefroren, so aufrecht, so starr und so bleich. Der lange Zug polterte an ihm vorbei auf das schützende Nebengleis.

»Was gibt's?« rief der Zugführer atemlos und machte große erschreckte Augen, vorwurfsvolle.

Frickenberg wies stumm nach der Höhe. Dort tauchten die roten Lichter der Personenzugs-Lokomotive auf. Ein scharfer warnender Pfiff und der heute ungewöhnlich lange Zug mit seinen zwei schnaubenden dampfenden Maschinen sauste und donnerte an Frickenberg vorbei in die Station.

Aus all den hellbeleuchteten Wagenfenstern sahen fröhlich lachende und plaudernde erwartungsungeduldige Menschen – ahnungslose festfreudige Menschenkinder ...

Ein Grausen packte Frickenberg. Er sah sie unter rauchenden Trümmern liegen, die erst so Fröhlichen alle – wimmernd, stöhnend, hilfeschreiend ... Und viele still – tot ...

Püregger kam heran, steif und starr, das tiefgefurchte wetterbraune Antlitz leichenfahl ... Er war vorhin zum

Apparat geeilt. Es fiel ihm das Signal nicht ein. Er suchte nach dem Buche das es enthielt, und fand es nicht. In seiner steigenden Angst und Verwirrung tat er den verhängnisvollen Griff, der das Distanzsignal wieder auf »Frei!« stellte, gab aufs Geratewohl ein auffallendes Glockenzeichen und wankte mit dem erdrückenden Bewußtsein, ein falsches gegeben zu haben, wieder hinaus.

Für Frickenberg war sein Erscheinen die lebendige Mahnung zur Erfüllung seiner Pflichten. Er kam ihnen nach, so gut es ging, fast wortlos, gewohnheitsmäßig, ohne Willkür. Er war wie erstarrt und glich noch mehr einer wandelnden Leiche als der alte Püregger.

Als der Zug voll heiterer Menschen draußen war, und er stumm den Lastzug mit seinem verdutzten und erschrockenen Personale abgefertigt hatte, kam der Stationsvorstand erregt auf ihn zu.

Was es gegeben habe?!

Frickenberg glotzte ihn an, ohne eine Miene zu verziehen, unfähig, ein Wort hervorzubringen.

»Herr, Sie sind besoffen!«

Der andere stand still, regungslos. Er hatte ja getrunken in den erregten Stunden der Erwartung jener Entscheidung, die schon nachts hätte kommen können, jede Stunde kommen mußte und immer nicht kam. Es waren Ewigkeiten des Erwartens und der Seelenmarter. Da trank er viel, sehr viel. Aber es griff ihn nicht an. Seine seelische Erregung war stärker als die geistige des Weines. Und jetzt war er wie gelähmt, wie ausgehöhlt im Innern.

»Ich ziehe Sie vom Dienste ab, Herr Assistent! Gehn Sie! Haben Sie mich verstanden?«

Er ging, wankte. Den Stationsplatz hinab m u ß t e er. Auch durch die Einfahrtshalle ... Von dort führte links ein dunkler Gang zu seiner Wohnung. Er wandte den Kopf zur Seite, schlich vorbei, auf die Straße hinaus – den Rock offen, die rote Kappe tief im Genicke. Der Schnee knisterte und knirschte unter seinen Füßen. Ein leichter feiner Nebel lag über der Gegend. Und weithin spannen die bleichen Mondesstrahlen liebliche Träume. Weihnachtsträume, Weihnachtsmärchen. Er ging seinem Schatten nach, starrte ihn an, wie etwas Fremdes, Ungewöhnliches, bückte sich danach und schob sich mühsam wieder in die gerade Haltung. Dort vorn beim Magazine glitzerte und schimmerte etwas farbenmild im Mondscheine. Liegnitzer Ziegel. Schöne glatte kristallartige Bausteine.... Die gehörten dem, der heute das Frühlingslied in den Winterabend hineingesungen – dem Glücklichen ... dem doppelt Reichen! Der wird sich im kommenden Frühjahre eine Villa bauen dort droben bei dem lauschigen Waldhange. Und in das schöne glitzernde Haus wird er sein trautes, mit Seele und Geld gesegnetes Liebchen einführen als glückliches geldsorgengefeites Weib. Eine schöne stattliche Villa mit Türmchen und Erker ...

Dort hinter dem Magazine stand eine Reihe Lastwagen. Er blieb stehn, lange, an das Gitter gelehnt, und lächelte seltsam. Die Geister des Weines wurden allgemach Herren über seinen Willen, über seine Sorgen und seine grausam überspannten Nerven ... Leuchtende Trugbilder stiegen vor ihm auf, lockende, beglückende ... Er sah in den Wagen dort s e i n e Ziegel und wollte sich ein Schloß erbauen, just über jener Villa, ein Schloß mit hohem schlankem Turm und einer flatternden Fahne darauf ... Dort wollte er stehn mit Frida, seinem Weibe, und singen so froh und hell, so jubelnd, wie jene dort unter ihm ... Jenes schöne liebe Frühlingslied ...

Als er schwankend weiter ging, die Hände auf dem Rücken, den Kopf gesenkt und ein geistlos-schalkhaftes Lächeln auf den Lippen – da summte und tönte, jubelte und schmeichelte das Lied um ihn her, klangrein und lockend, glücksfroh und unablässig. Und sachte und eroberungslustig führten es die siegreich gewordenen Weingeister in seine leere unbehütete Seele. Aber schnell, wie ein Kind aus ödem finsterem Hause, sprang es über die verzerrten Lippen wieder zurück: in lauten heiseren Tönen störte es die Stille der heiligen Nacht und erstarb zitternd im raschen frostklaren Wiederklange ...

So kam er in den Ort. Leute erschienen neugierig an den christbaumschimmernden Fenstern, traten aber lachend oder geärgert und empört über die leichtfertige Störung wieder zurück. Manches harte Schimpfwort folgte ihm nach. Es mochte ihn ja niemand recht leiden im ganzen Orte. Er war so wortkarg, schloß sich niemand an und galt daher für stolz – der Herr von Habenichts! Unaufgehalten kam er singend an das andere Ende des kleinen Ortes und wieder ins Freie. Ein schriller kurzer Pfiff machte ihn endlich verstummen. Er sah nach der Station hinüber. Dort hielt heute ausnahmsweise der Schnellzug.

Bei dem Anblicke der beleuchteten Wagenfenster überkam ihn ein plötzliches Angstgefühl. Er wurde sich dessen bewußt, wehrte sich dagegen und schritt steif, trotzig, gewaltsam aufrecht wie ein Volltrunkener, der flüchtig zum Bewußtsein seines Rausches kommt, die Straße entlang, leise vor sich hinpfeifend, ängstlich in die Ferne lauschend.

Wieder ein kurzer Pfiff dort drüben und ein namenloses Erschaudern in seiner furchtbezwungenen Seele. Fernher hörte er das Schnauben und Pusten des Zuges. Plötzlich verstummte es. Er wagte nicht, sich umzuschauen, und pfiff sein Liedchen lauter. Es nützte nichts: er hörte es kommen

81

über den hartgefrorenen Schnee. Es huschte und sprang, es pfauchte und hauchte, griff aus mit langen hageren Beinen und langte nach ihm mit dürren gierigen Armen ... Er ging unbewußt schneller, lief, stürmte dahin wie ein Verfolgter, querfeldein, die Höhe hinan, dem Walde zu. Endlich stürzte er und blieb liegen in dem kalten knisternden Schnee. Der kühlte ihm die heiße schweißtriefende Stirne.

Wie er so dalag, sah er sich im Geiste als kleinen Knaben in fliegender Angst durch jene lange dunkle Allee jagen, durch die ihn die wilde Gespensterfurcht einst so oft in solch sinnlose wahnwitzige Flucht getrieben. Und er sah das liebe einsame düstere Vaterhaus mit seinen großen tönenden Hallen und seinen unheimlichen Kellerräumen, durch die nächtlich Geister schlichen. Um diese angsterzeugten Bilder schlossen sich und sammelten sich nun wieder die verwirrten Gedanken. Er mußte des Vaters gedenken, des wortkargen finsteren Mannes, und der lieben guten Mutter, des holden Sonnenscheines in jenem düsteren Hause, der Sonne seiner verträumten freudenarmen Jugend.

Und den zagenden Gedanken folgten drängend und ringend die lange erstarrten Gefühle ... Trostlose Vereinsamung durchzog zuerst die wieder erwachende Seele. Und jählings darauf ein Sehnen, ein heißes brünstiges Sehnen nach der fernen fremden unerforschten Heimat dort über den Sternen. Und aus diesem ernsten warmen Fühlen rang sich unvermittelt aus den Fesseln der Betäubung los seiner Seele großer brennender Schmerz ... Wild und mächtig faßte er ihn an und wie ein Schrei nach Gerechtigkeit flohen wieder die ersten b e w u ß t e n Worte über seine Lippen.

»Du Allbarmherziger! Hab ich das verdient!«

Flehend und drohend zugleich streckte er beide Arme gegen den mildschimmernden Sternenhimmel.

Da löste es sich von dem Baume neben ihm schwer und lautlos und flog mit trägen schwarzen Schwingen langsam und geisterhaft dem nahen Walde zu. Sachte rieselten auf ihn herab die zarten Nebelblüten, die der große Zauberer des Winters, der Rauhfrost, um Ast und Aestchen spinnenzart gesponnen.

Betroffen sah er dem großen schwarzen Vogel nach, der wie der Geist des Bösen von ihm geflohen. Und sinnend sah, s c h a u t e er zum ersten Male wieder in die stille rätselvolle Glanznacht.

Knapp vor ihm stieg ein feiner Hauch aus dem Schnee empor. Dort ruhte wohl im warmen Neste ein scheues Hasenpaar. Die Wärme zog ihn an und jäh aufwallende zornige Zerstörungslust. Schon hob er den Fuß, um die armen Tiere erbarmungslos in die bitterkalte Frostnacht zu jagen ... Plötzlich aber hielt er ein, senkte Haupt und Arme.

»Wozu? Das Blei ist schon gegossen, das euch den sicheren Tod bringt, wie oft unser Schicksal schon beschlossen ist, wenn wir ahnungslos noch in Freuden schwelgen ... Und ich – ich bin angeschossen vom Schicksale – totgetroffen ... und kann mir den Gnadenstoß selbst geben ... Das ist mein einziger Vorteil vor euch, ihr vielbedrohten Todgeweihten.«

Er wandte sich mit rascher Gebärde von dem dampfenden Neste ab und schritt langsam den schneeigen Hang hinab. Fernher klangen Glocken. Weihnachtsglocken. Feierlich, friedvoll betend. Seine Seele aber fröstelte dabei und seine Gedanken irrten in weiter öder Wirrnis – schwere schwarze unchristliche, hilfeheischende Gedanken – und nirgends winkende Rettung, nirgends endliche Ruhe ...

Drunten von der Straße herauf klang jetzt eine klare Männerstimme:

»Wo gehst du hin?«

»Heim!« antwortete froh bewegt eine andere.

Heim! Auch er wollte heimgehn. Ja heim! Zu ihr und dann m i t ihr ...

Trotzig richtete er sich auf und ging festen sicheren Schrittes die erreichte Straße entlang – heimwärts! Aus Not und Elend, aus Kummer und drohender Schande, aus Menschenverachtung und namenlosem Ekel heimwärts ...

Doch sein Kind! Das arme liebe rosige Kindlein ... Engelsschön kam es in diese Welt – und wurde zum Unheilsboten für die, die es lieben sollten und lieben mußten. Die Mutter starb beinahe in jener schweren Stunde – und seither sind Krankheit, sind Not und Elend daheim die Hausgenossen und seine unzertrennlichen Begleiter die Verzweiflung und die Versuchung ...

Er schritt gedankenversunken vorwärts, dem Orte zu, die stillen Straßen zum Bahnhofe hinaus.

Vor diesem hielt er ein. Droben im ersten Stock schimmerten die Lichter des Weihnachtsbaumes. Er hörte den Jubel der Kinder und sah das Schattenbild seines Vorstandes im Fenster. Der dort droben – der könnte a u c h helfen! Er hatte Geld. Er ließ sich kaufen mit dem Gelde seines seelenarmen Weibes – vielleicht rührt ihn, den innerlich Glücklosen, des verzweifelten Kollegen Unglück – vielleicht h i l f t er in dieser Stunde des Friedens und selbstlosen Gebens ... Vielleicht ...

»Der!« Er lachte auf. Hatte ihm doch der wirklich Beglückte, der heute jenes Frühlingslied gesungen, nicht geholfen! Und andere mehr, auf die er baute – Freunde, Jugendfreunde, Dankesverpflichtete ...

»Da ist mein einziger Retter und Helfer! Mein einziger Erbarmer!« Er schlug bei diesem Gedanken an die Tasche, die den Revolver enthielt.

Aber das Kind! Das liebe süße unschuldige Kind! Doch seine Zukunft? War es nicht besser ...

Er ging zaghaft und klopfenden Herzens und am ganzen Körper zitternd bis an die Ecke des Gebäudes und langsam, innerlich erschaudernd, darum herum. Dort hinter den matterleuchteten Fenstern – dort w o h n t e einst all sein Glück ... Und j e tz t ... Und er soll hineingehn und sollte, mußte ihr sagen: »Frida, sei bereit! Wir müssen ein Ende machen ...«

Da drinnen! Was um Gottes willen war da drinnen! War sie wahnsinnig geworden und zündete Lichter an in ihrer Verzweiflung und Vereinsamung? Und er heraußen, er mußte sich sagen: »Wohl ihr, wenn ihre Seele schon drüben weilt ... Es ist wohl besser so ...«

Drinnen glitzerte es heller und heller. Er trat einen Schritt vorwärts – den ersten Schritt, schien es ihm, in die Ewigkeit, einen zweiten, zögernd und schaudernd einen dritten – zitternd griffen die froststeifen Finger nach dem Gesimse. Und als er nahe vor dem Fenster stand, schlossen ihm aufstürmende Angst und Entsetzen die Augen.... Gewaltsam bezwang er sich und blickte durch die Spalten der Fensterladen in das lichterglänzende Zimmer ... Dann sank er mit einem heiseren unbeschreiblichen Schrei ohnmächtig in den Schnee ...

Als er wieder erwachte, lag er in seinem traulich durchwärmten Zimmer auf dem weichen Ruhebette, und über ihn beugte sich ein liebes bleiches Gesicht in liebevoller Sorge – und zugleich voll unfaßbaren Friedens. Er richtete sich verwirrt auf und sah sie groß und staunend an. Ehe er noch ein Wort finden konnte, sprach sie mit warmer freudedurchzitterter Stimme:

»Gott sei Dank, daß du wieder zu dir kommst! Wir waren schon in großer Sorge um dich. Ich habe dich durch Püregger überall suchen lassen.«

»Ja aber sag mir um Gottes willen, wie kommt es denn, daß du auf bist, daß du dort ... Wer brachte denn diesen Baum ...?«

»Ich, Oswald!«

Jählings sprang er auf.

»Onkel Ludwig!« Aufrecht stand er da, wie zum Angriffe bereit. Seine Augen sahen finster drohend, feindlich nach dem peinlich überraschten Manne.

»Ja, Oswald«, sprach der Onkel beklommen und stotternd weiter. »Ich – ich wollte euch – weil gerade Weihnachten war ... über – überraschen ...«

»Ueberraschen! Und draußen könnten jetzt Hunderte von Menschen liegen, Tote, Zerschmetterte, Verletzte, Schreiende – Wahnsinnige! Und hier herinnen – Mensch! wenn du wüßtest, wie grausam du mich gemartert hast! Ich könnte dich ...!«

Er sank aufstöhnend auf das Ruhebett zurück, preßte beide Hände an die Stirn und rief unter ergreifendem Lachen:

»Ueberraschen wollte er mich! Erst schlägst du mir alle Hoffnungen tot, bringst mich moralisch um und dann ...!«

»Oswald! O, ich ahne, was hätte geschehen können! Jetzt begreife ich erst Püreggers sonderbares Wesen und seine Verstörtheit – o, mein armer armer Oswald!«

Frida, sein erbleichtes Weib, hatte die Arme fest um ihn geschlungen und weinte, weinte unbezwinglich und mit solcher Heftigkeit, daß ihr zarter Körper wie im Froste bebte.

Er zog sie eng an sich, und sagte tief bewegt:

»Laß es nun gehn, Frida! Es ist ja alles wieder gut!«

Der Onkel ging erregt auf und ab. Er hatte bei seiner Ankunft flüchtig gehört, daß es beinahe ein großes Eisenbahnunglück gegeben hätte – nun ahnte er den Zusammenhang und war erschüttert.

Rasch trat er auf den Neffen zu, streckte ihm beide Hände entgegen und brachte nur mühsam die Worte hervor:

»Verzeih mir!«

Mehr als sein Mund sprachen seine Augen.

Oswald sprang auf und zog den tiefbewegten Mann an seine Brust. Und plötzlich kam es über ihn mit unbezwinglicher Gewalt. Er mußte weinen – und weinte all den großen stummen Schmerz seiner gemarterten Seele aus und weinte die Freuden der Erlösung und der Rettung.

Und als es sich im Bettlein daneben regte – da riß er sich los und beugte sich über das kleine rosige Gesicht. Lange kniete er so da. Als er sich wieder erhob, lag auf seinem Angesicht der ergreifende Ausdruck ernsten Friedens.

»Zündet den Baum wieder an«, sprach er dann, »es ist ein doppeltes Fest heute für uns: Weihnacht und Ostern. Friede ist eingekehrt in unsere Seelen und auferstanden sind in uns all die toten Freuden und Hoffnungen! Onkel, ich werde nie vergessen, was ich in diesen Stunden gelitten! Es wird mir seelisch gehn wie dem Krieger, der in siegreicher Schlacht Arm oder Bein verloren – du verstehst mich wohl!«

Stumm reichte ihm der Onkel die Hand und führte ihn schweigend zu dem Baume. Oswald stand aufrecht und unbeweglich und sah ernst und fremd in den so oft bejubelten Lichterglanz. Erst als er freudig merkte, daß seines Weibes Augen heller und wärmer glänzten als all die Lichtlein, denen erst der Mensch durch die Sinnbildlichkeit Seele verleiht, wandte er sich langsam zu Frida hin und fragte, sie leicht umfangend:

»Glaubst du, daß wir jemals wieder u n b e f a n g e n glücklich sein können?«

Sie lehnte sich an seine Brust und sah mit stillem Lächeln zu ihm empor.

»Ja, Oswald, das glaube ich, denn wir haben eines, was uns niemand geben und niemand nehmen konnte – auch die Not nicht: unsere Liebe ... Und wir haben ja unser herziges Mädi!«

Er neigte sich zu ihr herab und küßte den zuckenden lächelnden Mund.

Der Onkel aber legte die Hand auf seine Schulter und sprach mit warmer bewegter Stimme:

»Und ich – ich hab dir ein Geständnis zu machen ... Hm! Das mit dem Ueberraschen war eigentlich ... Ich hab wirklich im blinden Zorn telegraphiert, ohne Bedenken – p u m p e n will er halt, dacht ich mir.«

»Na, Onkel – Seelenkenner bist du offenbar keiner!«

»Kann schon sein. Es ließ mir keine Ruhe, sag ich dir, bis ich abfuhr. Schau dir die Sache halt mal an, dacht ich mir. Und dann kannte ich ja auch Frida noch gar nicht. Vielleicht tust ihr unrecht! Hm! Weihnachten war auch und ich – hm, ja! ich fühlte mich so vereinsamt. Hm! Und jetzt, sag ich dir, bin ich erschüttert und beschämt. Wenn jenes Unglück wirklich geschehen wäre – nicht du, Oswald: ich hätte die Schuld! Verzeihe mir nochmals! Ich bin nicht hart, sag ich dir, ich war nur verhärtet. Ein Starrkopf war ich! Hm,

Dickschädel sind wir eben alle, wir Frickenbergs. Ja ja! Jetzt aber will ich gut machen, was ich verschuldet, ja verschuldet! Es ist meine Pflicht, meine heiligste Pflicht, euch ein väterlicher Freund zu sein. Hab ja nur euch auf dieser Welt! Es war schändlich von mir! Schändlich, sag ich dir! Na aber jetzt sollt ihr fort von hier! So bald wie möglich. Und auf mein steirisches Gut sollt ihr. Weißt du, das hat dir immer am besten gefallen. Es gehört von heute an dir, Oswald! Laß nur, laß nur! Mich freut es, sag ich dir, daß ich euch etwas geben kann von meinem überflüssigen Reichtum. Den größten Reichtum hast du freilich hier.«

Er wies auf Frida.

»Nein, hier!« sagte diese lächelnd und schmiegte sich an des Gatten Herz.

Ein Egoist der Liebe.

Als er schon, auf seinen derben Knotenstock gestützt, langsam und schwerfällig den Weg in das stille Städtchen hinabging, klangen ihr erst des alten Vaters Worte, die ihr zuvor nur in den Ohren geklungen, in der Seele seltsam wieder.

»Ich werd' halt im Vorbeigehn hineinschaun auf die Post, ob das Christkindl nit doch was g'schickt hat für uns.« So hatte er gesagt.

Und seine Stimme klang so eigenartig bewegt dabei, so ungewöhnlich weich und schier schalkhaft. Sie hatte aus diesem Klange nur wehmutsvoll heitere Selbstbespöttelung herausgehört und antwortete deshalb fast herb:

»Was soll es denn u n s bringen!«

Wie er sie dabei ansah! Wie ihr seine Worte erst jetzt in ihrem Inneren lebendig wurden, sah sie seine Mienen und seinen sonderbar unruhigen Blick erst jetzt mit dem Auge der Seele.

Was war da für ein lichter Schimmer ausgegossen gewesen über die geliebten abgehärmten Züge und wie seltsam zuckte es durch die starren Falten seines Gesichtes – fast wie innerliche Freude! Und nach ihren Worten – wie schwand da alles jäh hinweg! Sein Gesicht wurde wieder regungslos, sah aus wie sonst: wie in Stein gehauen, so grau und so hart. Und in seinen hellblauen Augen losch das Leuchten aus wie ein müdes Kerzenlicht im Windhauche. Und nach ihr blickte nichts als die langgewohnte Düsterheit und jener starre herbe Mannestrotz, der sich wohl nimmermehr wandeln wird in stille Ergebenheit und ruhiges Sichfügen in das Unabänderliche.

Sie sah ihm durch das Fenster sinnend nach.

Wie er dahinschritt heute! Aufrechter, sicherer, fester als sonst, fast stramm. Und wie er um sich blickte, als wollt' er sagen:

Schaut mich nur an! Ich bin der alte Stormer, auf den die Schicksalsschläge nur so niedersausten. Neun blühende Kinder hab' ich verloren, durch Krankheit und Unglück, durch Krieg und ... Ja, einer, einer ist mißraten. Aber als er erkannte, wie groß die Schande sei, die er ausschütte über sich und seinen Namen, über seine Eltern und Geschwister – da riß er die dunkle Pforte selber auf, die uns trennt von der Ewigkeit.... Und das war gerade an dem Abende, an dem tiefster Friede ausgegossen ist, weit, weit über die Lande der Christenheit ... Und zuletzt starb ihm die, an die er sich noch klammern, an der er sich noch aufrecht halten konnte: sein treues wackeres und seelenstarkes Weib ...

Jetzt war er einsam. Nur das jüngste seiner Kinder war ihm geblieben – Berta. Und nichts von seinem großen Besitze war ihm geblieben als dieses kleine Haus da heroben auf dem Berge – seines Vaters Haus, seine Heimat. Alles andere: seine großen industriellen Unternehmungen, die er mit ungewöhnlicher Kraft und Tüchtigkeit schuf, seine Erfindungen, die ihm Reichtum einbrachten – alles, alles ging zugrunde durch das Unglück und die Schuld anderer oder notgedrungen in andere Hände über. Und fremde Menschen ernteten nun die Früchte seines erfinderischen Geistes.

Und dieser hart heimgesuchte Mann schritt nun, ein trotziger Greis, unter den Blicken seines einzigen Kindes aufrecht den Berg hinab, um nachzusehen, ob das Christkind ...

Berta seufzte tief auf bei diesem Gedanken.

Jetzt war er ihren Blicken entschwunden. Und ihre Gefühle, jäh und warm dem Herzen entsprungen, eilten ihm nach: tröste dich Vater, du sollst mich nicht verlieren, mich soll nichts mehr von Dir trennen. Sind wir doch zusammengekettet mit den schweren Banden des Schmerzes und bittersten Leides. Die halten fest ...

Ihr gestütztes Haupt hob sich unwillkürlich ein wenig und ihre Blicke glitten langsam über das Städtchen drunten hinweg, an den leichtbeschneiten Waldhügeln vorbei und blieben drüben an dem Eichenwalde sinnend hangen.

Als läge es längst hinter ihr, jahrzehntelang, so erinnerungsklar und erinnerungsverklärt blickte sie nun alles an, was sie an jenen kurzen Tagen dort drüben in dem verschwiegenen Eichenwalde erlebte.

Es war im Spätsommer. Der Vater lag im Bette, an einem alten Fußleiden erkrankt. Auf ihren täglichen kurzen Spaziergängen führte ihr nun dort drüben das Schicksal den Mann entgegen, der ihrer dämmernden Seele Licht und Glück bringen sollte. Täglich begegneten sie sich die kurzen drei Wochen drüben im Walde. Sie sprachen nach und nach viel miteinander: über sein Geschäft, über die Natur, über Kunst und Musik und manches andere. Aber nicht, was sie sprachen, sondern wie sie's sprachen, war für sie von Reiz und immer reicherer Beseligung. Sie lauschten nur dem Klange ihrer Stimmen, sahen nur den Schimmer ihres Lächelns und ihrer Blicke – und das Glück, das sie damit einsogen, das leuchtete dann, ihnen selber noch unbewußt, aus ihren Augen so tief und rein, so warm und offenkundig, daß jeder unbefangene Dritte sofort erkannt hätte: das sind zwei, die zusammengehören fürs Leben. Der vollen Größe und Tiefe ihrer Empfindungen wurden sie sich erst beim Abschiede bewußt. Das war für sie eine Stunde, reich an

Seelenschätzen fürs ganze Dasein.

Er wollte sogleich zu ihrem Vater. Sie hielt ihn zurück. Der Vater, der an ihr, seinem Letzten, mit der ganzen angstvollen Liebe eines alten schicksalsverfolgten und liebebedürftigen Mannes hing, müsse stillallmählich vorbereitet werden. Zudem sei er, wenn auch schon außer Bette, noch krank.

Sie bat ihn, ihr zu schreiben. Sie wollte dann den Vater unvermerkt in ihr junges Glück einweihen und ihn schließlich die Briefe lesen lassen. Damit war er einverstanden und schied. Er mußte fort. Er war Geschäftsführer einer großen Fabrik, hatte jüngst ein beträchtliches Erbe angetreten und hoffte als Teilnehmer seine Arbeitskraft dem umfangreichen Unternehmen widmen zu können. Er war über die erste Blüte der Jugend hinaus, ein ernster hochgebildeter Mann, der auf seinen weiten Reisen viel und vieles gesehen und erlebt hatte – nur die Liebe noch nicht. Die war ihm erst in diesem stillen Erdenwinkel erblüht, den er, vom Zufalle oder wohl von seinem gütigen Geschicke geführt, aufsuchte, um Erholung nach langen Strapazen zu finden und Kräfte für neue Arbeit zu sammeln. An Leib und Seele gesund, erfüllt von einem ganzen Frühling neuen inneren Lebens, schied er, ein Beglückender und Beglückter zugleich.

So schien es ihr. Doch der versprochene Brief kam nicht. Nur solche kamen damals, die sie wenig freuten: von ihren schon verheirateten Freundinnen aus der Töchterschule, von einer Base, die nur schrieb, wenn sie etwas brauchte. Sie wartete. In ihrer Angst und Seelenqual fürchtete sie, er sei erkrankt.

Sie schrieb ihm. An demselben Tage aber stand in der Zeitung die Nachricht, daß er, der neue Firmachef, an einem großen Feste teilnahm, das zu Ehren des greisen Gründers des alten Hauses veranstaltet worden war. Sie ließ den Brief nicht abgehn.

Noch hoffte sie. Die Tage schwanden und wurden kürzer und trüber, kälter und stiller. Mit den Blättern der Bäume sanken auch ihre Hoffnungen dahin. Endlich gab sie das Hoffen gänzlich auf. In einer stürmischen Spätherbstnacht weinte sie erschüttert ihren Schmerz aus und ihre Verzweiflung. Nun war auch ihr Sehnen tot.

Still und ernst, festgefügt in ihrem Innern und mit dem toten Glücke in der Seele, trat sie am nächsten Morgen ans Fenster ihres Zimmers. Draußen war es still und trüb und weithin kahl und öde. Und langsam begann es zu schneien. –

Während die Tochter droben einsam saß und aus ihren Erinnerungen heraus der untergehenden Sonne nachschaute, hastete Stormer unruhevoll den Berg hinab. Kaum wußte er sich den Blicken Bertas entrückt, knickte er in sich zusammen.

»Herr, mein Gott, wend' es zum Besten! Ich kann sonst nicht mehr zurück. Ich kann's nimmer mitanschaun!«

»Recht guten Abend!« grüßte jetzt einer ausnehmend freundlich. Das war der alte Jakob, der Briefträger, der zur Post ging. Stormer schrak zusammen und wandte sich mit zorniger Gebärde ab.

Wenn ihm der damals den Brief nicht gegeben hätte, wär' alles anders gekommen. Aber bequem sind sie halt alle diese Leute, bequem und so viel übereifrig. Wo sie nur einen Schritt ersparen können ...

Drei, vier Tage lang trug er den Brief mit sich herum. Was ihm denn nur eingefallen war, ihn zu öffnen! Nie in seinem Leben hatte er so etwas getan. Die Männerschrift auf der Adresse, ja ja, die fremde kräftige Männerschrift war's, die ihn verleitete. Aber die heimliche Freude, die er empfand, als ihm der Brief in die Hände fiel – woher kam die? Damals fragte er nicht viel. Er wußte nur, daß sie diesen Brief nicht lesen dürfe – niemals! Na und das mit dem fremden Menschen, mit diesem Erwin Uller – mein Gott, das konnte doch so tief nicht gegangen sein. Das wird sie schon überwinden. Hatte schon weit mehr und weit Schlimmeres überwinden müssen. Und er auch – noch viel, viel mehr und viel Schmerzlicheres. Das hielt sie ja so innig zusammen, die zwei Letzten einer großen, einst glücklichen Familie, darum hatte er sie ja so lieb und hing an ihr mit der ganzen zitternden Angst und Zärtlichkeit, mit der ganzen Selbstsucht und dem ganzen Liebeshunger eines hartgetroffenen Vaterherzens.

Und nun kam da ein wildfremder Mensch und wollte ihm sein Alles und Letztes nehmen. Fortziehen wollte er mit ihr und er, er sollte dort droben allein hausen mit allen seinen Leidgedanken und umspukt von qualvollen Erinnerungen, sollte sich allein überlassen bleiben mit seiner ganzen bitterschweren Vergangenheit.

Daß er einfach mitziehen könnte, wie Uller schrieb, daran dachte er gar nicht weiter. Drängte sich ihm der Gedanke aber doch auf, dann wehrte er ihn schier zornig ab. Er will gar nicht mit, will nicht unter fremde Leute, will nichts mehr wissen von der Welt. Aber sie? Sie war noch jung und hatte noch etwas zu erwarten von der Welt. So mahnte ihn sein Gewissen. Er aber sagte sich darauf: Was soll sie erwarten? Auf die Stormers wartet kein Glück da draußen. Das Schicksal beschenkte sie immer nur so reich, um sie desto ärmer zu machen. Er täte nur Gutes, es wäre seine Pflicht geradezu, seine heilige Vaterpflicht, sie vor neuen Enttäuschungen, vor neuem Leide und Weh zu bewahren. Die Einsamkeit wäre ihr Hort. Und ihr Schutz gegen alle weitere Pein und Seelennot: nichts wünschen und nichts

96

verlangen, nichts ersehnen und – nichts hoffen ... So beruhigte er grausam sein Gewissen. Wäre die Sorge nicht gewesen, daß etwa ein zweiter Brief kommen und Berta in die Hände fallen könnte – er wäre ganz ruhig und schier zufrieden gewesen.

Diese Sorge aber trieb ihn, kaum genesen, und trotz seinem immer noch leidenden Beine bei jedem Wetter, bei Sturm und dichtestem Nebel von seiner Höhe hinab ins Städtlein. Und niemand war darüber erfreuter als der alte Jakob. Der brauchte nun nicht mehr den Berg hinaufzukeuchen, just wegen des einen Hauses dort droben, und bekam überdies von dem alten Herrn noch Trinkgeld. So viel spaßig sind halt zuweilen die Leute, meinte Jakob, so viel spaßig. Ihm wars recht so.

Und der zweite Brief kam. Nach etwa vierzehn Tagen. Eingeschrieben. Der gute alte Jakob begnügte sich selbstverständlich mit des alten Herrn Unterschrift und dem Trinkgelde, das diesmal reicher ausfiel als sonst. Dafür dankte aber Jakob auch über alle Maßen freundlich.

Der Brief brannte Stormer noch mehr auf die Seele als der erste. Das schien ja wirklich tief gegangen zu sein, sehr tief sogar. Wenigstens bei dem verdammten Herrn Erwin Uller dort drinnen in der Wiener Stadt. Und was für ein Geist sprach aus diesen Zeilen – was für ein Herz!

Nun begann er Berta schärfer zu beobachten. Sie ließ sich nicht viel anmerken. Das tun sie alle nicht, die Stormer. Er wußte das. Es drückte ihn schwer auf die Seele. Wenn es nun doch auch bei ihr tief ... Aber er sagte sich immer wieder: Sie überwindets schon.

»Wir Stormer überwinden alles. Wir sind stärker als die Tücke des Schicksals. Und dann – nein, so leicht setzt man uns auch nicht in Flammen. Um unser Herz ist ein Panzer von Mißtrauen gegürtet. Bis der auftaut ...«

Aber geschehen mußte nun etwas – geschrieben mußte dem Manne werden. Kurz und bündig, klar und scharf, so daß ihm für alle Zeiten gründlich die Lust verging, nochmals zu kommen. Mit dem Schreiben ging's ihm schon schwer. Die rechte Hand war fast gelähmt und so angeschwollen, daß sie kaum die Feder halten konnte. Aber es mußte sein. Und wenn etwas sein mußte, brachtens die Stormer immer zusammen. Auch der Brief kam zustande.

Nachdem er ihn fortgesandt hatte, stampfte er noch eine Zeitlang täglich den Berg hinab zur Post und keuchend wieder hinan. Und wenn das oft recht schwer und mühselig ging, konnte er fast böse sein auf Berta. Als hätte sie ihm das alles angetan. Und wenn er allein in seiner Stube saß, konnte er mit geballter Faust ins Finstere hinein drohen und mit den feindlichen Mächten hadern, daß sie ihm auch das noch auferlegten und er kämpfen müsse um das Letzte, was ihm noch Liebes verblieben sei auf dieser Welt. Gegen Berta war er liebevoller und zärtlicher denn je. Oft übermannte ihn bei ihrem Anblicke die Rührung so mächtig, daß er schnell von ihr wegeilen mußte, um nicht in Tränen auszubrechen. Und gelang ihm dies nicht mehr, dann machte er einen »gewaltigen« Spaß und brach darüber selbst in lautes erzwungenes Lachen aus. Dann konnten sie ja so mitlaufen, die dummen Tränen. Es sah dann aus, als hätte sie ihm das Lachen erpreßt. Das kommt ja vor.

Eines Tages sah er sie in ihrem Zimmer schreiben. So vertieft war sie, daß sie nicht hörte, wie er die Tür öffnete. Geräuschlos schloß er sie wieder. Und bleicher als sie, schlich er wieder davon. Sie schrieb an ihn – er fühlte es. Sein Gewissen rief es ihm zu und seine Angst trieb ihn von einem Zimmer ins andere. Der Brief durfte nicht fort. Unter keinen Umständen und wenn er ihn selbst ...

Aber wird sie ihm den Brief anvertrauen, ihm, der nach ihrer Meinung noch nichts ahnte von all dem, was sie heimlich quälte?

Aufgeregt war er im Hause herumgegeistert; endlich griff er verzweifelt nach der Zeitung. Und die brachte ihm die unverhoffte Befreiung aus seiner Pein: jene Notiz wars über das Fest, bei dem Uller anwesend war. Und eine schöne lange Rede hielt.

Wie er es gewohnt war, las er ihr auch damals dies und das aus der Zeitung vor und ließ unauffällig jene Notiz mithineinlaufen. Bei Ullers Namen zuckte sie zusammen. Und als sie alles wußte, erbleichte sie.

Ohne ein Wort zu reden, stand sie bald nachher auf und ging. Er rief ihr nach, er gehe hinab in die Stadt – ob sie was habe oder brauche? Einen Brief zur Post oder sonst etwas?

Nein, sie habe nichts und brauche nichts. Wie ihre Stimme dabei klang und wie sie ging! In jeder ihrer Bewegungen drückte sich ihr Seelenzustand aus. Ganz starr wurde ihm dabei und ein schier körperlicher Schmerz durchlief ihn eisigkalt.

Nachts konnte er nicht schlafen. Es war jene stürmische Spätherbstnacht, in der Berta ihr Weh und Leid ausweinte und als kostbaren Schatz stark und stolz in ihrer Brust verschloß.

Es duldete ihn nicht im Bette. Aus dem Finstern sprangen ihn Schreckbilder an und wie mit kalten Händen griffs nach ihm aus allen Winkeln. An den Fenstern rüttelte der Sturm. Manchmal wars, als schlüge einer mit der Faust daran. Dann heulte es draußen auf und durch das Haus ging es wie leises Wimmern und Weinen und Stöhnen.

Er zündete Licht an. Was flog da vom Fenster weg? Im

langen weißen Kleide ... Der jähe Schreckgedanke, sie habe sich ein Leid angetan, jagte ihn aus dem Zimmer. Erst rannte er dahin, so schnell er konnte, dann schritt er zaghaft vorwärts und endlich schlich er sich lautlos an die Tür ihrer Schlafkammer. Nun hörte er sie stöhnen und weinen. Einzutreten wagte er nicht, so sehr es ihn auch drängte. Er fühlte, daß er unfähig war, jetzt vor sie hinzutreten – ihr jetzt alles zu gestehn. Es hätte ihr Tod sein können oder der Tod ihrer Liebe – zu ihm ... dem Vater. Bis zum grauenden Morgen hockte er auf ihrer Türschwelle. Als es drinnen endlich still geworden war, schlich er frostdurchschüttelt in sein Zimmer zurück.

Scheu und beklommen schaute er nächsten Tages Berta ins Gesicht. Sie war ernst und gefaßt. Bleich waren ihre Wangen, kalt und ruhig ihre Augen – ihr Mund aber lächelte. Dieses tote Lächeln kannte er. Es tat weher als Tränen und Vorwürfe. Sie hat es überwunden, sagte er sich. Aber e r wurde nicht froh darüber.

Seit jenem Tage vollzog sich in der Brust des alten Mannes ein schwerer zäher Kampf und allmählich eine tiefe Wandlung. Und das Gute und Edle siegte endlich in ihm: er hatte sich schwer und widerstrebend zur opfermutigen und entsagungsstarken Liebe durchgerungen und erkannt, daß es keine reinere und schönere Tat der Liebe gebe als die, andere selbstlos zu beglücken. Mit Schaudern dachte er nun an das, was er in seiner verblendeten Selbstsucht zerstört hatte: das Lebensglück seines einzigen Kindes.

Als er so weit war, entschloß er sich, alles wieder gutzumachen, wenn es noch ginge. Er setzte sich dann in einer stillen weißen Nacht hin und begann an Uller zu schreiben. Schwer, bitter schwer löste sich Geständnis auf Geständnis von seiner Seele. Noch schwerer schrieb er sie nieder. Er hatte noch keine Uebung im rückhaltslosen

Selbstbekennen. Er hatte bisher nur u m sich und wohl noch niemals tief und furchtlos i n sich geblickt. Drei Nächte plagte er sich ab. Endlich war der lange schicksalsbedeutende Brief fertig.

Am nächsten Morgen trug er ihn zur Post hinab. Vier Tage fehlten noch auf Weihnachten. Bis zum heiligen Abend konnte Antwort da sein von ihm oder – er selbst. Aber es kam kein Brief. Nicht am zweiten Tage, nicht am dritten und nicht am vierten, letzten. Jakob kam mit leeren Händen früh und nachmittags ...

Und nun war es am letzten Tage Abend geworden, die heilige Nacht war gekommen und er sollte nun in dieser glückseligen Friedenszeit dort droben mit der bleichen Tochter allein sitzen – im ängstlichen Schweigen und mit dem schweren Schuldbewußtsein in der Brust ...

Die Hoffnung, Uller könne noch mit dem Abendzuge selbst kommen, trieb ihn dem Bahnhofe zu. Der Zug fuhr ein. Uller stieg nicht aus. Ueberhaupt kein Fremder. Nur Einheimische, Studenten, Urlauber und sonst noch junge Leute. Lauter fröhliche Feiertagsgesichter.

Gebeugt, als hätte er eine Riesenlast zu schleppen, wankte er in das Städtchen zurück – auf die Post. Vielleicht war doch ein Brief gekommen jetzt mit dem Zuge. Es waren heute so viele Sachen eingelaufen. Endlich war alles durchgesucht, gesichtet, verteilt. Für ihn war nichts da. Fast wäre er zusammengebrochen in der engen Poststube. Wie ein Betrunkener taumelte er hinaus auf die Straße. Wohin jetzt?

»Aus der Welt!« flüsterte es in ihm. »Aus der Welt!« wiederholten seine Lippen lautlos.

Da hörte er Jakobs freundliche Stimme. Es sei doch etwas da für ihn – aber nur ein Brief. Stormer haschte begierig danach. Er war von Uller.

Bei der nächsten Laterne las er ihn. Als er fertig war, lehnte er sein greises Haupt an die kalte Wand und weinte unter heftigem Schluchzen die ersten Freudentränen seit seiner Kindheit. Sein Brief hatte Uller in eine Stadt Nordböhmens nachgesandt werden müssen, wohin er gereist war, um die Feiertage bei seiner Mutter zuzubringen. Morgen komme er selbst, schrieb er.

Noch niemals war Stormer den Berg so rasch und so froh hinangestiegen. Droben gab es eine erschütternde Aussprache. Und dann eine stille herzliche Feier.

Einsam saßen sie dort droben in trautem Lampenscheine und mildem Kerzenschimmer – und doch hatten sie einen Gast bei sich, einen lieben und in diesem Unglückshause gar wundersamen Gast: das Glück.

Frau Bettis Christgeschenk.

Hastig hatte sie den Brief versteckt und die Tränen verwischt, als sie unvermutet Christine eintreten sah.

Diese war die Tochter ihres ehemaligen Brotherrn. Sie hatte die früh verstorbene Mutter Christinens mit selbstloser Aufopferung gepflegt, war dann in dieselbe ansteckende Krankheit verfallen und rang lange mit dem Tode. Seither hing Christine an der Hüterin ihrer Kindheit mit einer Liebe, die sich immer mehr verschönte und klärte, je mehr sich Christinens herbe Jungfräulichkeit entfaltete und je mehr sich ihre ausgeprägte Eigenart und frühzeitige Selbstständigkeit entwickelten und ausreiften.

Harmlos lächelnd war Frau Betti ihrem Liebling entgegengetreten. Christine aber hatte bemerkt, was die alte Frau verbarg und verbergen wollte.

»War der Brief von Rudolf?« Ein dunkles Rot stieg bei Nennung dieses Namens in ihre frostfrischen Wangen.

»Der – der Brief? A mein! Der ist ja nur vom Gärtner-Loisl! Ja! Wegen dem Blumensamen schreibt er, weißt ...«

»Ueber einen Brief vom Gärtner-Loisl weint man nicht, Betti!«

Das klang wieder in jenem bestimmten festen Tone, dem gegenüber Mutter Betti keinen Widerspruch kannte.

Schier zornig sah das alte Mutterl nach Christinen; unter Tränen aber gab sie ihr den Brief hin. Er war zerknüllt von den angstzitternden dürren Fingern und feucht von den sorggeweinten Tränen. In atemloser Spannung sah sie nach Christinen, die trotzig aufgerichtet am Fenster stand und las. Aus ihren Mienen konnten Bettis Augen keine Antwort lesen. Schweigend sah Christine, als sie den Brief gelesen hatte, in das verglimmende Abendrot. Und Betti schien es, als sei auch das frische Wangenrot des jungen stolzen Mädchens verblichen ...

Plötzlich faßte sie eine große innere Angst.

»Christine!« rief sie zitternd. »Um Gottes willn! Glaubst am End auch du, daß er s c h l e c h t wordn is, der Rudolf?«

»Nein!« Fest klang dieses Wort, aber hart, herb.

Mit großen Augen sah Betti nach ihr und wagte keine Frage mehr.

»Wie viel Geld hast du ihm schon geschickt, Betti?«

»Ach, mein Gott, laß mir die Sorg allein, Christine.«

»Nein! Ich will alles wissen! Alles! Verstehst du?«

Betroffen und forschend schaute das gequälte Mutterl in das trotzige Angesicht ihres Lieblings. So herb und starr hatte sie die lieben stolzen Züge noch nie gesehen. Langsam, als sei ihr jede Sekunde Verzögerung Gewinn, schlürfte sie zu ihrer Schublade und brachte nach längerem Herumkramen ein vergriffenes Notizbuch hervor.

»Da!« Ein Blick, der strafte und zugleich flehte, begleitete dieses Wort.

Rasch flogen Christinens suchende Blicke über die ungefügen Ziffern. Dann richteten sich die großen blauen Augen kalt und fragend – drohend fast nach dem erschrockenen Weiblein.

»Wo hast du das viele Geld her – nach alledem?«

»Vom – vom Ferdl, vom Prinz Ferdl.«

»Auf Wechsel?«

»Ich – ich glaub.«

»Wann ist der erste fällig?«

»Zu Neujahr – glaub ich.«

»Kannst du zahlen?«

»Nein!«

Strenger konnte sie am jüngsten Tage Gott der Herr nicht fragen – und gewissenhafter könnte sie ihm nicht antworten.

»Und warum hast du mir davon nichts gesagt?«

Darauf hatte Frau Betti nur Tränen. Christine verstand sie. Milder und leiser fragte sie:

»Und was willst du ihm jetzt schreiben – deinem Sohn?«

»Mein Gott, was soll i denn tun? Krank is er, schreibt er – und Ehrenschulden solln 's sein. Da wird wohl schier nix anders übrig bleiben, als daß i dem Prinz Ferdl die Kuh ...«

»Und zu Neujahr nimmt er dir dein Häusl weg und wirft dich auf die Straße hinaus!«

Das waren Worte, die schwerer trafen als Steine. Ihr ganzer Ueberraschungsschmerz, ihr ganzes namenloses Staunen und Herzleid blickte Betti aus den starrenden Augen – sprechen konnte sie kein Wort. Und er fand den Weg zu dem herbverschlossenen Herzen Christinens, dieser angststarre flehende zürnende Mutterblick. Aber sie gab dieser warmen Regung nicht nach und sagte in festem Tone:

»Die Kuh, Betti, kaufe i c h ! Die 300 Kronen, die er wieder haben will, bring ich ihm selbst! Ich fahre morgen nach Wien, die Weihnachtseinkäufe zu besorgen.«

»Du – d u willst ...?!«

»Ja! D i c h will er doch gar nicht haben in Wien! Du hast 's ja doch gelesen!«

Rasch war sie aus dem Zimmer gegangen, schwer und ächzend war die Tür zugefallen.

Sie, die bisher nur Liebe und Güte war gegen Frau Betti, ließ nun das verzweifelte alte Mütterchen in Bestürzung zurück und in bitteren Tränen.

Bettis einfältiger Geist konnte die Lösung dieses Rätsels nicht finden, ihr schlichtes Gemüt sie nicht ahnen.

Christine ging rasch über den knisternden Schnee. Lüge und Heuchelei hatte aus dem Briefe gesprochen – aus dem Briefe des Sohnes an die Mutter, einer Mutter, die an ihren Sohn glaubt wie an Gottes Wort. Aus dem Briefe des Mannes, dem sich ihre Seele längst heimlich in einer Liebe erschlossen hatte, gegen die sie ankämpfte mit all ihrem Stolze und ihrem ganzen beharrlichen Trotze – und der ihr Herz doch immer wieder unterlag, wie sehr sich ihr trotziger Geist auch aufbäumte und ihr Stolz sich wehrte.

Sie wußte es längst, daß er in leichtfertige Gesellschaft geraten war, sie hatte ihn verteidigt gegen den erzürnten Vater, der ihm reiche Stipendien für seine Studien verschafft hatte und nun schon zwei Jahre vergeblich auf den Chemiker wartete, den er für seine Fabrik so notwendig brauchte. Sie hatte ihn verteidigt gegen die Anschuldigungen, die die »lieben Nachbarn« der Mutter hinterbrachten, sie hatte die gute Betti in ihrem Glauben an den Sohn bestärkt – weil sie selbst an ihn glaubte. Und dieser schöne beseligende Glauben war jetzt jäh und unvermutet in ihr zusammengebrochen.

Durfte sie den vorschnell gefaßten Entschluß, ihn aufzusuchen, um ihn wenigstens für die Mutter zu retten, auch wirklich ausführen? Es konnte gut sein für ihn und für das arme alte Mutterl. »Das erkannte Gute aber soll man ausführen, je eher, desto besser.« Das war einer der letzten Aussprüche ihrer sterbenden seelengroßen Mutter. Danach hatte sie immer gehandelt – und wollte es auch jetzt tun.

Und diesem starken Zuge ihres Wesens folgte sie auch unbedenklich, als sie, an der Gartentür des alten Prinz vorübergehend, von einem plötzlichen Gedanken erfaßt wurde. Rasch war sie an der Tür des Geldmaklers und klopfte entschlossen an. Prinz, ein hagerer langer Mann mit ausgesprochenem Habichtgesichte, war allein und seine Neugierde, was denn des reichen Fabrikanten und Bürgermeisters stolze Tochter bei ihm, dem »armen Bauer«, wolle, bald erfüllt. Nach vielen Ausflüchten und Beschwörungen legte er Christinen endlich die vier Wechsel Bettis vor. Christine rechnete zusammen. Dann schaute sie großstaunend und zornig nach dem gekrümmt dastehenden Prinz.

»Das sind ja z w e i t a u s e n d Kronen, Herr Prinz!«

»Zu dienen, gnädigstes Fräulein, netto tausend Gulden.«

»Sie haben aber der alten Frau nur fünfhundert gegeben!«

Prinz begann nun zungengeläufig zu erzählen, was er der guten Betti noch alles gegeben haben wollte. Christine legte anstatt aller Antwort die vier Wechsel aufeinander, zerriß sie in zorniger Hast, schritt zum Ofen und warf die zerknüllten Fetzen in das flackernde Feuer.

»Um Gottes willn, was haben Sie getan?«

»Sie vor der Anzeige wegen Wucherei gerettet!« entgegnete

Christine scharf. »Morgen fahre ich nach Wien und verkaufe meine Obligationen – und übermorgen haben Sie Ihr Geld. Bereiten Sie eine Quittung über 1100 Kronen vor!«

Damit ging sie. Während sie raschen Schrittes auf ihr Vaterhaus zueilte, stand der »arme Bauer« noch immer händeringend vor dem gierig flackernden Feuer. Gerade auf sie hatte er bei Einlösung seiner geliebten »Papierln« gerechnet. Und nun ...

Klopfenden Herzens, aber mit schweren, seltsam müden Füßen stieg Christine nächsten Tages die drei Treppen zu Rudolfs Wohnung hinan. Zwei Jahre hatte sie ihn nicht gesehen, ihn, der der Gespiele ihrer Jugend und die Sehnsucht ihres Herzens – gewesen war. In diesem Augenblicke empfand sie nichts als Zorn und Verachtung gegen ihn. Ein Mann – und schwach! Zweimal hatte er mit Hilfe der reichlichen Stipendien in den Ferien Studienreisen ins Ausland gemacht und sich nicht gekümmert um Heimat und Mutter – und sie, die ihn so sehnlich erwartete, wohl längst vergessen.

Entschlossen trat sie in das halbdunkle Vorzimmer. Lautes Stimmengewirre und übermütiges Lachen aus jungen Kehlen klang hinter einer der Türen. Jetzt hörte sie einen sagen, einen mit einer kreischenden Stimme:

»Na, was ist's denn mit 'm Geld, Rudolf? Rührt sich deine Alte noch allweil nit?«

»Weiß der Kuckuck!« darauf Rudolfs tiefe klangvolle Stimme. »Ihr Bankier scheints, ist auf einmal knauserig wordn!«

Unter dem »Bankier« verstand er offenbar ihren Vater oder gar – sie! Ein schneidendes Weh ging für einen Augenblick durch ihre junge Seele. Dann aber erstarrte alles in ihr im zornigen Trotze. In diesem Gefühle trat sie entschlossen ein – hochaufgerichtet, starr. Die ganze Gesellschaft schien zum Ausgehn fertig und empfing sie mit mehr verlegenen als staunenden Blicken und einem kaum unterdrückten »Ah!«

Rudolf stand einige Augenblicke verblüfft und verwirrt da. Dann griff er nach der zierlichen Studentenmütze und stotterte:

»Fräulein Christine – was verschafft mir ...«

»Ich habe mit Ihnen zu sprechen, Herr Frühbach, und zwar allein!« Das klang so bestimmt, mit so viel verhaltenem Zorne in der Stimme, daß die vier fünf Herrchen nach einigen unbeholfenen Worten verdutzt abzogen.

Erst draußen im Vorzimmer fielen in taktlos lauter Art einige anzügliche Bemerkungen, die Christinen das Blut in die zornbleichen Wangen trieben.

Rudolf hatte rasch aber mit unverhohlenem Widerwillen seinen Ueberrock abgelegt und lud die ungebetene Gastin mit einer gezwungenen Handbewegung zum Sitzen ein. Sie lehnte ab.

»Ich komme von Ihrer Mutter. Sie haben von ihr Geld entlehnt und fordern für die Weihnachten neuerdings Geld und zwar unter dem Vorwande, krank zu sein und Ehrenschulden ...«

»Entschuldigen Sie, Fräulein – kommen Sie im Auftrage meiner Mutter oder ...«

»Einerlei! Ich frage nicht und habe auch kein Recht, Sie zu fragen, zu was Sie das Geld brauchen. Aber ich sage Ihnen, daß Sie Ihre Mutter in die Hände des alten Prinz getrieben haben, daß die Arme eben daran war, ihr Letztes, ihre Kuh ...«

»Ja, aber hat Ihnen denn meine Mutter nicht ...«

»Was?«

Er sah sie forschend und unsicher an.

»Sie meinen wohl, ob sie nicht das Geld von meinem Vater oder von mir entliehen habe?«

»Ja, aber sie hat mir doch ...«

»Sie irren, Herr Frühbach! Ihre Mutter hat mehr Schamgefühl, als Sie ihr zutrauen!«

»So lassen Sie mich doch ...«

»Und mehr Charakterstärke, scheints, als Sie! Schämen Sie sich, Herr Frühbach!«

»Was gibt Ihnen ein Recht, mich abzukanzeln wie einen Schuljungen?«

»Meine Liebe zu Ihrer Mutter und mein Erbarmen mit dem Schmerz, den Sie ihr bereiten!«

Er senkte die zornfunkelnden Augen.

»Daß Sie es wissen: ich selbst bin hinter all das gekommen – gegen den Willen Ihrer Mutter. Und i c h habe sie aus den Händen des alten Wucherers befreit. Und hier sind die geforderten 300 Kronen. So. Jetzt sind Sie m i r 1400 Kronen schuldig, Herr Frühbach! Und ich will hoffen, daß d i e s e E h r e n schuld den Vorzug vor allen anderen haben wird!«

Im Innern zitternd wie im heftigsten Frostgefühle, hatte sie das Geld auf den Tisch gelegt und wollte nun rasch zur Tür hinaus, unfähig zu ermessen, daß sie den eigentlichen Zweck ihres Wagnisses nicht erreicht – ja kaum angestrebt hatte.

Er vertrat ihr, bebend vor Aufregung, den Weg.

»Was wollen Sie noch von mir?!«

»Ich muß Ihnen doch – danken, Fräulein ...«

»Wollen Sie mich verspotten? Was ich tue, geschieht für Ihre M u tt e r ! Und wenn Sie noch einen Funken Ehrgefühl und Kindesliebe ...«

»Sprechen Sie das nicht aus! S c h l e c h t bin ich nicht – noch bin ich es nicht!«

»Sie haben gelogen und geheuchelt – der Mutter gegenüber!«

»Ja!« Er senkte den Kopf. »Aber es geschah nur im Leichtsinn, im grenzenlosen dummen Leichtsinn der Jugend ...«

»Das nennen Sie bloß Leichtsinn?«

»Ja! Sie haben recht – es war s c h l e c h t von mir! Ich fühle das erst jetzt durch Sie ... Bedenken Sie, ich bin aus engen ärmlichen Verhältnissen plötzlich in die Freiheit geraten – in d i e s e Freiheit und in diesen Sumpf ... Aber ich will mich aufraffen – bei Gott, ich will mich aufraffen ...«

»Und wenn d i e wieder kommen – Ihre »Freunde«?«

»Die sollen keine Macht mehr haben über mich!«

»Glauben Sie?«

»Zweifeln Sie an mir?«

»Ja!«

»Ich werde es Ihnen beweisen!«

»Durch Taten, Herr Frühbach!«

»Ja durch Taten. Ich werde das Geld, das ich Ihnen jetzt schulde, selbst verdienen, ich werde arbeiten und meine

111

letzten Prüfungen machen. Und ich will Ihnen als anständiger, als ganzer Mann wieder entgegentreten oder nimmermehr in meinem Leben!«

»Das wäre ein Sieg über sich selbst, Herr Frühbach! Dazu gehört viel Stärke!«

»Trauen Sie mir diese Kraft, trauen Sie mir diese Willensstärke nicht zu, Fräulein Christine?«

Er hatte sich aufgerichtet. Seine Augen sprühten und drückten doch zugleich eine große Seelenpein aus: sie fühlte ahnungstief, daß sie mit ihrer Antwort über ein Schicksal entscheide. Langsam richtete sie ihr Auge voll auf ihn und sagte fest:

»Ja!«

»Ich danke Ihnen!« Er war vor ihr niedergesunken und küßte stürmisch ihre Hände. »Sie sind wie ein guter Engel in dieses Zimmer gekommen – zur rechten Stunde! Eben wollte ich fort und hätte wohl die größte Torheit meines Lebens begangen – Sie haben mich gerettet!«

Er schwieg erschüttert. Sie stand betroffen da und wagte keine Regung, fand kein Wort.

»Sie haben mich verletzt, Fräulein Christine – und ich danke Ihnen dafür! Sie haben mich beschämt und gedemütigt ...« Er erhob sich langsam und sprach in tiefster Seelenregung: »Ich habe mich benommen wie ein toller Junge, wie ein Knabe habe ich mich benommen – können Sie mir verzeihen ...«

»Sie müssen erst die Tat ...«

»Ja, Sie haben recht. Ich bin nicht wert, zu Ihnen aufzuschauen ... Sie sind so rein und so innerlich stark – so jung noch und schon so tief und fest in sich gefügt ... Ich aber ...«

In Christinens Auge war wieder Wärme gekommen und eine unendliche Milde in ihre zitternde Stimme.

»Ich werde Ihrer Mutter sagen, daß Sie krank gewesen sind, schwer krank. Doch jetzt – jetzt seien Sie auf dem Wege der Genesung ... Und werden genesen ... In kurzer Zeit ganz genesen ...«

»Christine!«

Er war mit ausgebreiteten Armen auf sie zugestürzt. Sie aber hatte rasch das Zimmer verlassen und floh über die Treppe hinab in nieempfundener Aufregung. In ihrem Gesichte waren die strengen herben Linien, die Trotz und gewaltsame Beherrschung gezogen hatten, noch nicht verschwunden – aus ihren Augen aber strahlte und leuchtete schon das ganze tiefe neuerwachte Glück in ihrer Seele ...

Er aber warf sich auf das Sofa und stöhnte:

»O, was war ich für ein Narr! Ich hab sie von mir gestoßen – die Reine! Wie meine Kindheit ist sie zu mir gekommen, wie mein besseres Selbst ...«

Als er sich nach langem Sinnen und Ergründen seiner selbst endlich erhob, stand in seiner Seele die Erkenntnis fest: sie zu erringen, sei der Weg zu seiner Rettung – und zu seinem Glücke ...

Am Weihnachtsabend des nächsten Jahres erhielt Christine einen großen Brief von Rudolf. Er enthielt die selbstverdienten 1400 Kronen und die Mitteilung, daß er seinen Chemiedoktor gemacht habe. Sonst, außer warmen Dankesworten – nichts weiter.

Mit seltsam erregten Gefühlen ging sie am Abend zu ihrer guten alten Betti hinüber. Die stand im vollen Lichterglanz des Weihnachtsbaumes und neben ihr stand, jugendkräftig und vollbärtig – Rudolf, ihr Sohn.

Verwirrt blieb Christine auf der Schwelle stehn. Frau Betti aber eilte ihr entgegen, so schnell es ihre alten Beine vermochten, sank vor ihr nieder und weinte Tränen auf die Hände der wonnevoll Ueberraschten.

Verwirrt und errötend zog Christine das ganz fassungslose Mutterl empor.

»Er hat mir alles gesagt!« rief Betti schluchzend aus. »Ich schäm mich so sehr und bin so glücklich – Gott verzeih mirs! Ich bin so sündhaft glücklich!«

Jetzt kam zögernd auch Rudolf herbei. Tiefgesenkten Hauptes blieb er vor Christine stehn.

»Herr Doktor ...«

Er schaute auf und schaute froherschrocken in ihr strahlendes feuchtschimmerndes Auge.

»Herr Doktor – Sie haben Ihren Beweis erbracht!«

Langsam ging sie, unfähig, den Blick von ihm zu wenden, auf Rudolf zu. Mädchenhaft zögernd reichte sie ihm die Hand zum Gruße.

Er beugte sich langsam und schier ehrerbietig über die kleine tapfere Hand und küßte sie fast feierlich-ernst. Wirr und mit unbezwinglichem Befremden hob sie ihren Blick zu ihm auf. Und tief drinnen in diesem scheuen Blick konnte er selig erschauernd eine bange heiße zitternde Frage lesen.

Im jähen Jubelsturm seiner Gefühle preßte er ihre Hand an sein pochendes Herz. Und willenlos sank sie tief errötend an seine Brust ...

Als sie dann später die Geschenke besahen, sagte Rudolf beglückt zu dem ganz wonneseligen alten Mutterl:

»Das schönste Geschenk hast doch du bekommen, Mutter: Christine hat mich dir als guten Menschen wiedergegeben!«

Frau Betti aber sah leuchtenden Auges zu ihm und zu Christinen auf und meinte mit stillem Lächeln:

»D i e Mutter möcht ich kennen, die heut glücklicher ist als ich!« –

Der Wohltäter.

»Einen Armen!« rief Dr. Fritz von Fritzburg zur Tür seines »Salons« hinaus. »Frau Schwammerl, wissen Sie mir keinen Armen? Einen verschämten würdigen, recht braven Armen?«

»Wa–as?«

»Einen Armen sag ich! Ich will heut Wohltäter spielen!«

»Wohltäter spielen?«

»Bitt Sie um Gottes willen, Frau Schwammerl, schaun S' nicht so rührend verständnislos drein! Ich will heut am Weihnachtsabend einen würdigen Armen beschenken – verstehn Sie?«

»Versteh schon! Aber warum denn?«

»Ja, so verstehn Sie immer alles!«

»Bitt schön, Herr Doktor.«

»Na na!«

»Sie haben aber doch gesagt, daß Sie zur Tante Hildegard gehn wern.«

»Und dort mit der süßen alten Jungfrau Whist spielen! Brr! Lieber soll sie mich enterben! Hab auch so zu leben – Gott sei dank!«

»Ja, aber zur »Pfeife«!«

»Sie wollen also durchaus jede edle Neigung in meiner Brust ertöten?«

»Aber, Herr Doktor! Ich bitt Sie!«

116

»Na also, dann ...«

»Ja, aber Ihr lieber Freund Brugger wird gwiß bei der »Pfeifn« auf Sie warten!«

»Mein lieber Freund Brugger wird eben nicht bei der »Pfeife« auf mich warten. Und die, die heute bei der »Pfeife« auf mich warten, auf die pfeif ich.«

»Ja aber, wo ist denn der Herr Brugger heut?«

»Eingesponnen hat sich der Unglücksmensch.«

»Wa – as?«

»Eingesponnen hat er sich!«

»Bitt schön, was ist denn das, »eingesponnen«?«

»Wie sich eine Raupe einspinnt, das wissen Sie wohl?«

»Zu dienen, Herr Doktor!«

»Na sehn Sie, bei uns Junggesellen ist das umgekehrt: der flotte freie Falter »Hagestolz« spinnt sich ganz unvermerkt ein und kriecht eines Tages als abscheuliche Raupe »Ehemann« vor uns andern herum.«

»Is aber das grauslich!«

»Nicht wahr?«

»Warten Sie nur, warten Sie nur, bald spinnen Sie sich auch ein!«

»Ach lassen Sie jetzt das Variieren klassischer Zitate und verschaffen Sie mir lieber einen recht netten Armen – eine ganze Familie meinethalben! Ich hab keine Zeit mehr zu versäumen – es ist ja schon halb sechs!«

Er verschwand wieder in seinem »Salon«. Mit gehobenen Gefühlen sperrte er seinen Schrank auf, um daraus das nötige Geld zu entnehmen. Dabei pfiff er leise. Ja ja, er war ein Mann, der im Bewußtsein seines vollen Schrankes auf alles pfeifen konnte: auf seine Stellung als Ministerial-Vizesekretär, auf die ganze Welt. Er »diente« nur »um etwas zu sein«. Die Arbeit war ihm ganz Nebensache. Und solche Herren Ministerialbeamte brauchten auch gar nicht zu arbeiten. Es genügte, wenn sie alle Monate ihren Gehalt behoben, täglich dem Amte einen kurzen Besuch abstatteten, die anderen, die Arbeitsbienen, in ihrem Fleiße aufhielten und sich im übrigen der »Gesellschaft« widmeten – und dem Vergnügen! So einer war der Doktor von Fritzburg. Und es war schade um ihn. In seinem Innern war er immerhin ein besserer Mensch, als all die »feinen« seichten Kerle, mit denen er in Verkehr stand – als all die koketten seelenleeren und nichts weniger als spröden Damen, denen er den Hof machte – wenn's ihn just freute! Ja! Einem echten Weibe war er eben noch nicht begegnet, der eitle Fant.

Als er gedankenvertieft – ein ganz ungewöhnlicher Zustand bei ihm! – durch die Straßen schritt, fiel ihm plötzlich der Müller ein. Der war etwas Einzigartiges von einem Menschen gewesen in seines Vaters vornehmem Hause. Eine Art »Mädchen für alles«. Er klopfte Teppiche, machte alle Gänge, schleppte unglaublich große Lasten und war immer voll Humor – »an echta Weana.« Dieser prächtige Kauz wurde aber ganz plötzlich von der Köchin des Hauses eingefangen und von der Stelle weg geheiratet. »Aus dem Menschen will ich schon was machen!« hatte die Agnes damals mit unglaublicher Zuversicht gesagt.

»Na, was wird sie wohl aus ihm gemacht haben?« dachte Doktor Fritz spöttisch lächelnd, als er dieser Erzählung seiner verstorbenen Eltern gedachte. Er hatte sie, solange Mama lebte, zu Weihnachten stets aufgesucht, die arme kinderreiche Familie. Seit Mutters Tode aber ... Na, du lieber

Gott! Ein junger lebenslustiger Mann hat eben anderes zu tun! Heute aber, heute will er wieder erscheinen bei den armen Teufeln – als Engel des Wohltuns! Als großmütiger Geber, ein Spender, ders tun kann!

Wie sie da schauen werden die beiden Alten und der Rudi, der Pepi, der Poldl, der Gustl, der Franzl und ... noch einer – na! Ist gleich! Und die kleine Mizzi! Ja, das war wirklich ein herziger Schneck gewesen, das!

Schon stand er in einem »Basar«, Abteilung »Kinderspielsachen«. Puppen, Schaukelpferd, Trommel, Hampelmännlein, Wurstel und der lieben lustigen Dinge mehr, waren bald gewählt.

»Aushalten!« rief da Doktor Fritz plötzlich. »Aushalten!«

Verblüffte staunende fragende Blicke der dienenden »Feen«.

»Ich kann das alles nicht brauchen. Bitte etwas für – Erwachsene!«

Er hatte in seinem schönen Eifer nämlich vergessen, daß die »armen Kleinen« mittlerweile ja auch groß geworden sein mußten – »Rudi« und »Pepi« mußten sogar älter sein als er! Vielleicht auch der »Poldl«.

»O bitte sehr!« sagten die »Feen« und wiesen nach einer Glastür. Er trat ein und stand in der Abteilung für »Erwachsene«.

»Das geht ja wie im Märchen«, dachte sich Fritzburg. Rasch, nervös, ohne viel Bedenken wählte er.

»Aber Zigarren!«

»O bitte sehr!« sagte nun die »Königin« der »Feen« – sie gefiel ihm! – »Johann, holen Sie dem Herrn Zigarren von drüben!«

»Der Herr« unterhielt sich einstweilen in seiner eroberungslustigen und siegessicheren Weise mit der »Feenkönigin«.

»Jetzt aber einen Wagen!«

»O bitte sehr! Johann, besorgen Sie dem Herrn einen Wagen!«

»Fiaker? Komfortabla?«

»Alles eins!«

Der Doktor machte der »Feenkönigin« das Kompliment, daß sie nicht nur zaubern, sondern auch bezaubern könne. Und ehe der grinsende Johann mit dem Wagen erschien, hatte er ein Stelldichein erwirkt. Ja, er war eben »ein verfluchter Kerl!« Ihm konnte k e i n e widerstehn! Keine? Hm! Nun ja! Vor kurzem hatte ihn eine gründlich ablaufen lassen im Abenddämmer drüben im Stadtpark. Dumme Gans! Auch d i e wird nachgeben müssen! Er hatte es sich in den Kopf gesetzt! Sie konnte ihm nicht auskommen – er kannte ihren täglichen Weg.

Der Einspänner, den Johann »brachte«, trat ein und fragte:

»Is weit, gnä Herr? I bin um siemi bstöllt.«

»Weit? Himmel Herrgott! Wo wohnen denn diese Leut nur gschwind!«

»Ja i waß nit!« sagte der Rosselenker »feanzerisch«. Die Feen lächelten.

»No wirds?« fragte der Kutscher jetzt schon ungeduldig. Als dem verzweifelten Doktor noch immer keine Adresse einfiel, schnalzte der Fahrgewaltige laut mit der Zunge und sagte lakonisch: »Dann suachn S' Ihna an andarn! Wüha Bräunl!«

»Halt! Also fahrn ma halt!«

»Nach Nußdorf naus?«

»Na, ins nächste Kaffeehaus! Dort werd ich im »Lehmann« nachschaun.«

»Den »Lehmann!« Wohnungsadressen!« rief Doktor Fritzburg dem händereibenden Kellner im »nächsten Kaffeehause« zu.

»Schackerl, den »Lehmann!« Was belieben sonst?«

»Was Sie wollen!«

Der »Lehmann« kam.

»Ma – Me – Mi – Mo – Mü – – Müller!«

So! Zwei – drei Spalten voll »Müller!«

Wie hieß jener Müller nur? Richtig, Josef! Zehn – fünfzehn – zwanzig »Josef Müller«!

»Daß der Unglücksmensch aber auch Müller heißen muß!« rief der gepeinigte »Wohltäter« halblaut vor sich hin und schlug mit der Faust auf die unglaublich vielen »Müller« ein.

»Was manan S' denn für an Müller, Herr Nachbar?«, fragte jetzt ein behäbiger Herr vom Nebentische sehr freundlich.

An der Tür erschien aber schon das unheimlich große runde blaurote Gesicht des ungeduldigen Einspänners.

»Gnä Herr, Zeit is! I vasam sunst mei bstöllte Fuahr!«

»Gleich! Gleich! Welchen Müller, fragen Sie? Ja, mein Gott! Sie kennen ihn ja doch nit!«

»No, sagn können Sies ja doh! Dös kost ja nix! I kenn nämli an Josef Müller.«

»Der, den ich meine, hat eine Menge Kinder: Rudi, Pepi, Poldl, Gustl, Franzl und ein Mäderl, Mizzi heißts.«

»Und a Frau, geltn S', a recht a riegelsame resche Frau, die nach jedn zehntn Wurt sagt: »No wia-r-i halt sag!«

»Ja, die is! Die ists!«

»Na, alsdann! Warum sagn S' denn dös nit glei?«

»Bitte, wo wohnt denn der Mann?«

»In Margaretn drentn, wo er schon seit dreißg Jahr wohnt. In der Gartengass'n Numaro 5.«

»A, richtig ja!«

»No also! An andersmal mirkn S' Ihna die Adreß von Ihnari Kundschaften besser!«

»Der Kerl schaut mich gar für einen Ladenschwengel an!« dachte der gute Doktor erheitert und doch ein wenig gekränkt. Seine Intelligenz war beleidigt worden.

»Fahr ma, gnä Herr?«

»Ja, fahr ma!«

»Nit amal bedankn kann si der Lackl!« rief ihm der gefällige Auskunftgeber laut und zornig nach.

Nun mußte der durch den Einspänner rasch hinausgedrängte »Wohltäter« hell auflachen. Mit Aufwand aller Beredsamkeit und Anpreisung eines »aber schon s e h r feinen Trinkgeldes« konnte er den brummigen Kutscher bewegen, noch vor einer Delikatessenhandlung stehn zu bleiben. Als sie endlich in der stillen Gartengasse anlangten, schneite es lustig.

Der Hausmeister erschien dienstbeflissen und half die schwere Menge »Packln« hinauftragen. H i n a u f ? Ja, die

Müllers wohnten jetzt im ersten Stock! »Na freilich, in so einem Haus kann man sich das schon leisten!« dachte Fritzburg etwas hochmütig. Als aber der durch das Trinkgeld geradezu liebenswürdig gemachte Hausmeister in das dunkle Vorzimmer hineinrief: »Gnä Frau! Gnä Frau! Es is wer kumma!«, war ihm das denn doch zu viel. Die ehemalige Köchin – »gnä Frau!« Er hätte beinahe laut aufgelacht, hatte aber dazu keine Zeit finden können: durch die rasch aufgerissene Tür stürmte eine ziemlich groß gewachsene Frau auf ihn zu und drückte ihm mit dem hellfreudigen Rufe: »Grüaß di Gott, Gustl!« einige kräftige Küsse auf die Lippen, daß es nur so schmatzte.

»Aber Frau Müller! Was tun S' denn?«

»Jessas Maria! Wer is eppa denn?«

»Ich bins! Wissn S', der Fritzburg, der kleine Fritzerl aus der Maximilianstraße.«

»Was? Der klane Fritzl? Den i auf'n Händn tragn hab, und der allweil in Lutschl nöt mögn hat und allweil »Mima« statt »Mama« gsagt hat? Na wia-r-i halt sag!«

»Ja, der!«

»No, is aber dös liab von Ihna! Da muß i Ihna ja glei noh a Bußl gebn!«

»Halt! Sie zerbrechen mir ja alles! Da schaun S' her!«

Nun ging ein Fragen los, ein Bewundern und Verwundern, ein Lachen und Freudengeplapper, ein Gerührtsein und verzücktes Schluchzen. Das besorgte alles Frau Müller – der gute Doktor brauchte bloß zu staunen, rang nach Atem und wünschte in Gottes Namen lieber bei der etwas weniger lebhaften Tante Hildegard zu sein oder wenigstens bei der »Pfeife«. Wie da loskommen?! Und wenn die andern auch

123

so, so – »lebhaft« wären! Du lieber Gott!

Um den Sturzbach ihrer Rede wenigstens abzulenken, fragte er nach den »Kindern«.

Da erfuhr er denn zu seinem sprachlosen Erstaunen, daß der »Rudi« nicht etwa ein armer Taglöhner oder Dienstmann, sondern – Professor sei. Der habe ein recht liebes Frauerl, »das kan Stolz net kennt.« Der »Pepi« aber – der Medizin-Doktor war, habe eine, die so »gar net zu uns paßt«. »Liawi Kinderln« aber hätten sie beide. Nur seien jene des Professors »so viel brav«, während die vom »Pepi« »grad tun, als warns die reinen Grafn«. Der käme auch seltener zu ihnen, der »Pepi«. Er tät schon mögn – aber ... »Ja, mein Gott, a Doktor braucht a reichi Frau! No, wia-r-i halt sag!«

»Na und der Poldl – der Leopold, wollt ich sagen?«

»Ja, der Poldl!« Die Mutteraugen leuchteten. Der sei Elektrotechniker, gut angestellt und so tüchtig, »daß 's a wahre Freud is.« Der Gustl hingegen sei Bahnbeamter – und den habe sie eben jetzt erwartet. Er müsse jeden Augenblick kommen.

»Und der Franz?« fragte Fritzburg immer gespannter.

Der Franz war »Wasser-Inschenir« beim Magistrat – »aa a ganz tüchtiger Kampl.«

»Und der – wie heißt der kleine Jüngste?«

»Den Edi meinen S'?«

»Ja, den Edi! Richtig, Edi!«

»Ach der! Der macht uns wohl a kleins bißl Sorgen.«

»Ist er leicht gar mißraten?«

»A beilei! Aber a wengerl flott is er halt! Er is noh Student, wissn S' auf der Universität.«

»Na, das macht nix – Ihre Kinder können gar nit schlecht sein!«

»Das is schon richti,« sagte Frau Müller einfach und seufzte leise auf. »Aber a Schlankl is der Edi doch – wissn S', er tut dichten!«

»Aha! Deshalb!«

»Ja, die Dichter sein halt alle a weng »Lumpn« – und dös fürcht i halt!«

»Aber Frau Müller! Und was ist es denn mit der Mizzi, der Ganz-Jüngsten?«

»Ja, die Mizzi! Ja, die Mizzi!«

Dem Herrn Ministerial-Vizesekretär wurde es förmlich warm ums Herz, als er das glückliche Mutterantlitz betrachtete, das lächelnde, das freudestrahlende Mutterangesicht. Wie lange, lange ists her, daß er nicht mehr in das liebe sanfte Angesicht seiner Mutter schaute? Ach ja!

»Was ist denn die?« fragte er warmfühlig.

»Die? Die ist Bürgerschullehrerin! Sie, Herr Doktor, die müssn S' sehn! Da wern S' schaun!«

»Ist sie so hübsch?«

»Ach was, »hübsch«! Pah – »hübsch«! Eine Schönheit is 's! Marand Josef! I versünd mi ja grad! No wia-r-i halt sag!«

»Das is ka Sünd, Frau Müller. Und wissn S' – schöne Mädls, die seh ich auch gern – ja-a!«

»Glaubs schon. Aber das sag ich Ihnen glei: spassn laßt die Meine nit! Die waß, wers is!«

»I bin wirkli schon neugierig! Na, und was is 's denn eigentlich mitn »Herrn« Müller?«

Der sei jetzt »Pensionist«, wie der Professor immer lachend sage. Alle Kinder helfen zusammen, um den Eltern, die sich früher um sie gerackert und geplackt hätten, das Dasein so angenehm wie möglich zu machen. Die Schwiegertochter Anna, »in Professor sei liabs Frauerl« vergöttere ihre Schwiegermutter geradezu ... Jawohl!

Endlich kam der gute behäbige Müller nach Hause und endlich auch – Mizzi. Als der Doktor die erblickte, gab es ihm einen »damischen Riß« – das war ja jene eine Einzige, die ihn ablaufen ließ, als er ihr »nachstieg«, ihr »zusetzte« und endlich – frech war mit ihr! Wie eine beleidigte Königin hatte sie sich damals vor ihm aufrichtet und ihn mit einer Gebärde und mit einem Blick abgewiesen, dem er gehorchen m u ß t e .

Mizzi hatte draußen erfahren, welcher »Wohltäter« drinnen im Zimmer sei. Freudig trat sie über die Schwelle – wie erstarrt stand sie vor dem rasch erkannten »galanten Herrn«.

Mit feinem Takte, den er bewundern mußte, verwischte aber das schöne stattliche Mädchen rasch das Peinliche der Lage und benahm sich den ganzen Abend wie eine »vollendete Dame«.

Es kam Gustl, der Eisenbahner, Edi, der Dichter, Poldl, der Elektrotechniker, und später auch der »Herr Professor«, ein fideles fesches Haus, wie alle andern. Mizzi spielte in wahrhaft künstlerischer Weise Klavier, Edi königlich die Geige und die anderen Brüder sangen, beinahe wie die Opernsänger. Lustig wars und so gemütlich, so anheimelnd, so ungezwungen harmlos, daß sich Fritz, als er spät nachts durch die stillen Straßen auf dem weißen weichen mondscheinbeglänzten Schneeteppich heimwärts duselte, mit Wehmut und Freude sagen mußte, so unbefangen frohe Stunden habe er schon lange nicht mehr erlebt – so warm gemütliche aber wohl noch nie! Er kam sich innerlich so arm vor gegen diese heiteren prächtigen natürlichen Menschen. Und neben dem stolzen schönen Mädchen – so klein, so unwichtig und ganz und gar unsicher.

Nächsten Tages aber war er auf Mizzi wütend. Es kam ihm zum Bewußtsein, wie herablassend milde sie ihn behandelte, wie vornehm nachsichtig – ihn »den Wohltäter aus Laune und Langweile«. Als sie ihm dieses böse Wort sagte, lächelte ihr rosiger Mund, ihr großes leuchtendes Blauauge aber blickte ernst dabei, abweisend – schier mitleidig!

Das verdroß ihn. Aber in seinem Innern wurde ein Sehnen wach. Und es wuchs mit jedem Tage und trieb ihn hinaus in die stille schmale Gasse, in der die alten kleinen Häuser neben modernen Zinskasernen so bescheiden traulich stehn – steinerne Erinnerungen an das alte gemütliche Wien. Er log sich selbst vor, daß er ja nur Edi, den Dichter, besuchen wolle, »der wirklich ganz nette Sachen mache und die Geige spiele, wie nicht bald einer«. Tief verletzt durch des stolzen Mädchens vornehm abweisendes Wesen, ging er jedesmal mit dem festen Vorsatze davon, n i e m a l s wieder zu kommen.

Alle Qualen der Eifersucht, all die bittere Pein des Verschmähten mußte er durchleiden. Edi, der Dichter, sah das lange mit an. Endlich – es war an einem lauen Frühlingsabend – sagte er zu dem älteren Freunde ernst:

»Ich sehe, du leidest durch sie. Aber glaub mir, du bist ihr nicht so gleichgültig, als sie tut. Ich kenne sie genau. Sie kann nur nicht die Ueberzeugung gewinnen, daß du w i r k l i c h gut bist, daß du wohltätig sein könntest aus dir selbst heraus, kurz, sie hält dich für einen etwas seichten

Menschen – und die mag sie nicht. Ich rate dir: sei fest, mannhaft trotzig, zeig es ihr nicht, daß du leidest durch sie und gib dich ganz, wie du bist – das heißt, streife alles Gemachte und Gezierte ab und schau in dich hinein, ob du wirklich ein ganzer Kerl bist – ein ganzer M a n n . Und lerne a r b e i t e n ! Dann kanns nicht fehlen!«

Diese Rede erfüllte ihn anfänglich mit geheimem Ingrimm. Der »junge Bursche«, der »grüne Junge«, wagte es, so zu ihm zu sprechen – zu ihm, dem Ministerial-Vizesekretär! Er glaubte h e r a b g e s t i e g e n zu sein zu all diesen »Vorstadtsleuten« und fühlte mit jedem Tage mehr, daß sie a l l e über ihm standen, daß selbst die beiden wackeren Alten trefflichere Menschen waren, als so manche aus der »feinen Gesellschaft«, in der er verkehrte.

Endlich gestand er sich das alles ehrlich ein. Und allgemach vollzog sich nun in ihm eine schöne tiefe Wandlung: er erlebte die Auferstehungsfreuden seines inneren Menschen. Und daraus erwuchs ihm die Kraft, um das prächtige warmherzige Mädchen ernstlich und mannesstolz zu ringen. Es war ein harter, für ihn oft verzweifelter Kampf, ein Kampf, der ihm die Seele, die darbende verarmte Seele, im tiefsten Grunde aufwühlte und läuterte. Endlich errang er sie. Es war am Weihnachtsabend, ein volles Jahr nach seinem ersten Besuche, als sie ihm als köstliches Weihnachtsgeschenk das Geständnis machte:

»S e e l i s c h gehöre ich dir längst an. Ich wäre aber n i e die Deine geworden, hätte ich gefunden, daß wir nicht zusammenpassen. Lieber hätt ich mit mir gerungen, lieber wär ich allein geblieben! Glaube mir, ich habe mit dir gelitten. Aber ich konnte dir die Qual nicht ersparen. Sie war notwendig!«

Ja, sie w a r notwendig! Er hat dies nicht nur ihr zugestanden, sondern auch – mir.

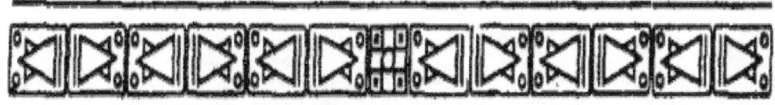

Am Wege.

Wie ist das gewesen? Wie ist das nur gewesen ... Weit, weit zurück wanderten seine Gedanken. Bis in die Tage der Jugend, in die sonnigen stillen, ach so schönen, schönen Tage der Jugend ...

Seine Hand glitt von dem liebreizenden Blondköpfchen des Wirtstöchterleins langsam herab. Und die Kleine, die ihm diese Erinnerungen in der Seele wachrief, so daß sie aufstanden wie aus langem Schlaf, die liebe Kleine sah scheu und großäugig zu ihm auf. Sah, wie sein Blick weltfremd in unfaßbare Fernen ging, und der lange angegraute Bart über seiner Brust seltsam zitterte. Da er sich nicht regen wollte, schlich sie langsam zur Tür. Dort schaute ihre scheue Hoffnung nochmals und wieder und wieder zurück. Endlich huschte sie hinaus. Und hatte sein vergessen.

Der Mann aber dort in der dunklen Ecke lauschte der Erinnerung. Und die sprach: So wars: die Lichter brannten noch auf dem kleinen Tannenbaum, da war sie herübergekommen aus dem großen Hause, das sie das Schloß nannten. War gekommen, so hold, so still und so scheu, wie vorhin da das blonde Wirtstöchterlein. Und vorher, wie oft, wie so oft war sie da gekommen zu ihm, dem großen Knaben, und hatte sich von ihm erzählen lassen von all den wundersamen Dingen, die seine dämmernde Kinderseele schaute und schuf. An jenem Weihnachtsabend aber war das ganz seltsam. Da kam sie so still und so feierlich. Und hatte ihn flüsternd gefragt: Weißt du, wo das Glück wohnt?

Er sah in die Ferne und sah bunte Märchenwelten aufsteigen. Dort, dort wohl wohnte das Glück. Wo denn wohl sonst? Sie aber sprach wieder leise: »Das Glück wohnt bei euch.« Da fielen die Märchenwelten in seiner Seele jäh in Nacht und Finsternis. Und er sah nach der kleinen blonden Freundin – schier böse. »Wer, wer sagt dir das, Elsa? Wer sagt Dir das?«

Und von ihren Lippen kam es zaghaft: »Die Mutter.«

Wie sie das sagte damals! Ihre Seele weinte dabei. Und langsam, langsam stiegen aus den bangen Kinderherzen die Tränen in die großen scheuen Augen.

So war das damals. Und sie hatte geweint dabei. Hatte geweint, weil in ihrem großen schönen Hause das Glück nicht wohnte. Dort wohnte der Unfrieden. Auf leisen Sohlen schlich das Leid dort durch die vielen schönen Zimmer, wo so viel, o so unausdenkbar viel Glück und Freud' hätten wohnen können. So dachte er damals und war dem stolzen herrischen Manne gram, durch den die stille blasse Frau, der kleinen Freundin Mutter, so viel hatte erdulden müssen.

Und die, die hatte gesagt, bei ihnen, in ihrem kleinen Häuschen wohne das Glück. Der Knabe konnte das nicht fassen. Der Jüngling begriff's. Ja, das Glück wohnte bei ihnen, wohnte so lange ungetrübt bei ihnen, als der Vater lebte, und hatte ihm so lange ungetrübt geblüht, bis der Vater von drüben, der herrische Mann, zwischen ihn und Elsa getreten war. Stolz gab er ihm zu wissen: für so armer Leute Sohn sei ihm seine Tochter zu gut. Er solle lassen von ihr, wolle er nicht haben, daß er rauher käme als dies erste Mal – es wäre denn, so fügte er spöttisch hinzu, er käme als reicher Mann wieder. Da rief der Trotz aus dem Jüngling: ja, das werde er! Er werde erst wiederkommen zu ihm, wenn er ihm ebenbürtig sei in den Stücken, die ihm, dem Geldstolzen, so über alles gingen. Er werde erst wiederkommen, bis er so reich, reicher sei als er selber.

Und so war er den Weg gegangen, den harten Weg, den der Bettelstudent gehn muß durch all die Lehrschulen, bis sie ihn reif erklärten für die Schule des Lebens. Das bescheinigten sie ihm mit dem Diplom eines Ingenieurs. Der Staat bot ihm eine bescheidene Stelle. Er schlug sie aus. Er mußte ja den Weg gehn, der zum Reichtum führt. Und der ist lang und hart und mühselig, ist ein Weg in die Irre, wenn nur immer die eigene Tüchtigkeit die Führerin ist und nicht auch das blinde Glück. Und so wanderte er. Und mit ihm wanderten treu und unverdrossen Sorge und Enttäuschung. Vor ihm her aber zogen immer Sehnsucht und Hoffnung. Und lockten und lockten. Immer wieder, immer und immer wieder.

Und zu Hause warteten sie. Mutter und Braut. Die stille blasse Frau im Schlosse drüben war zu müde geworden. Sie hatte nur auf den Tod gewartet. Den Erlöser. Weit, weit weg war er damals von der Heimat – und viel, o viel weiter noch von seinem Ziele. Da endlich, endlich lächelte ihm das Glück. Weit draußen war's, in den Niederlanden. Und endlich, endlich gelang das Große, das Ersehnte: er konnte seiner Gesellschaft eine Erfindung zur Verfügung stellen, die einen Geldstrom in ihre Kassen lenkte und ihn selbst zum reichen Manne machte. Noch ließen sie ihn nicht frei. Noch mußte er an der Spitze des ins Riesenhafte gewachsenen Unternehmens bleiben. Erst wenn alles in den festen Bahnen strammer Ordnung und sicherer Gewöhnung sei, könne er frei werden. Kaum, daß sie ihn über die Weihnachtsfeiertage ziehen ließen. Seiner Sehnsucht nach ...

Verwundert blickte er um sich. Und traulich nicht – schier fremd grüßte ihn die kleine dürftige Wirtsstube, die einstens den armen Bettelstudenten so froh gegrüßt hatte. Ein Fremder in der Heimat. Niemand kannte ihn. Und niemand sollt' ihn erkennen! Freude rief's in ihm und Trotz. Sie, sie sollten ihn zuerst begrüßen – seine Berge! Und dann Mutter und Braut.

Da hörte er draußen in der großen Gaststube die Männer durcheinander sprechen. Dies und das. Nicht was sie sprachen, wollt' er erlauschen – nur erfreuen wollt' er sich an der solange, lange entbehrten heimatlichen Mundart. Eben wollt' ihn diese Freude hinausziehen zu den Männern. Da hörte er einen sagen: »Also hat sie's halt auch dermacht, die alt' Brunnerin.« – »Ja ja,« sagte drauf bedächtig ein anderer, »hab's schon g'hört. Gestern is verstorben. A recht a traurig's Weihnachten das.«

Da war der Mann drinnen bleich geworden. Sein Herz stand schier still. Er ging zu den Männern hinaus.

»Meint ihr die Frau Brunner drüben, die in Almau?«

»Dieselbige, wuhl.« Sie sahen erstaunt nach ihm.

Er aber warf den Pelz um seine Schultern und ging hastig zur Tür hinaus. Die Männer, die am Postschlitten arbeiteten, um die gebrochene Kufe wieder brauchbar zu machen, schauten ihm staunend nach. »Wird ihm halt doch die Zeit lang worden sein und er geht ein Stückerl voraus.« So meinten sie.

Die lange Verzögerung, die durch den kleinen Unfall eingetreten war, hatte ihn sehr verdrossen. Jetzt war es ihm gleich. Die Mutter wartete ja nimmer. Und Elsa wußte noch gar nicht, daß er kam. Er hatte bloß der Mutter geschrieben. Elsa sollte erst gerufen werden, wenn die Lichter brannten am Baum. Wenn die Lichter brannten ... Nun brannten wohl nur zwei Kerzen im ganzen Hause. Sie brannten zu Häupten der Mutter. Sie hatte ihn nicht mehr erwarten können ...

Müde trug er das junge schwere Leid über den Schnee in den wallenden Nebel hinein. Da rief die Stimme der Wirtin hinter ihm her: »Herr Brunner! Herr Brunner!« Sie hatte ihn also nachträglich doch erkannt. Wohl an seinem jähen Erschrecken und Erbleichen.

Er schlug rasch einen Nebenweg ein. Der Schlitten sollte ihn nicht einholen. Er wollte nicht, daß das unbeholfene Mitleid dieser guten Leute zu ihm spreche.

»Herr Brunner! Herr Brunner!« rief die Wirtin wieder. Und »Herr Brunner! Herr Brunner!« rief eine tiefe männliche Stimme langgedehnt seinen Namen. Und die Stimmen klangen ihm durch den Nebel wie aus weiter unermeßlicher Ferne und klangen ihm nicht wie Menschenstimmen. Hinter ihm tastete das Mitleid, vor ihm schritten Leid und Weh und in ihm war alle Freude erstorben. Die Mutter konnte den Sohn nimmer erwarten ...

Da stand plötzlich ein ungeheurer Zorn in ihm auf wider den Mann, der ihn einst vom blumigen Weg hinweggedrängt hatte auf die steinige staubige Straße, auf der die Menschen nach Geld und Gut und Reichtum jagen.

Wohl: er hatte es erjagt, dieses »Glück« – aber w i e kam er heim! Ein armer, jammervoll armer Reicher! In den fünfzehn Jahren des Kämpfens und Ringens, des Hoffens und Verzweifelns war seine Seele flügellahm geworden. Und schlecht, schlecht war er geworden da draußen im wüsten Kampfe, im gierigen Losstürmen auf das eine, eine niedere und ach so schwer erreichbare Ziel: das M i t f r e u e n hatte er schier verlernt – das Mitfreuen an dem ehrlichen Erfolg anderer. Und mehr als einmal war er dem gierigsten und schadenfreudigsten Sieger über den Edelsinn erlegen: dem Neid. Wie ein Almosen warf ihm das Leben endlich Gold hin, nachdem es ihm vorher den Reichtum der Seele geraubt hatte. Frühen Altersschnee in Haar und Bart – ein Irrwanderer, kehrte er heim. Und daran war nur er schuld, er, der hartherzige geldstolze Mann ... Niemand als der?

134

Niemand sonst als dieser Mann?

Da schritt die Reue neben ihm und flüsterte ihm zu: »Denk daran! Ist sie nicht gekommen? Ist sie nicht zu dir gekommen in die Fremde mit einem gar warmen, gar lieben Brief? »Liebster,« so hat sie zu dir gesprochen, »ich bin nun mündig, der väterlichen Gewalt entwachsen. Das kleine Vermögen der Mutter ist mein. Es schützt uns vor Not und Armut – komm, o komm! Laß den freudentötenden Kampf nach Geld und Gut und komm! Such dir in der Heimat eine bescheidene Stelle und laß uns unser Heim errichten. Drinnen wird das Glück wohnen, das leuchtende seelenerwärmende Glück, wie es einst gewohnt hat bei deinen Eltern.« Und du, du hast gejubelt. Da aber bäumte sich dein Stolz auf und dein Trotz. Du wolltest dich nicht demütigen, wolltest nicht als Besiegter hintreten vor den Mann, der nur Spott und Hohn für dich gehabt hätte. Und du gingst den steinigen ausgedorrten Weg weiter. D u r f t e s t du das? Durftest du i h r und durftest du der Mutter all die lichten Stunden nehmen, die ihnen geworden wären, hättest du der Stimme der Liebe und nicht der Stimme des Trotzes gefolgt? Durftest du das? Wogen dir Spott und Hohn dieses Mannes mehr, stand dir dein Ehrgeiz höher als all die Freuden, die du erleben und geben hättest können? Die stillen sonnigen Freuden, die die Tausende, die dem gleichen Ziele zuwanderten und zuwandern, nie und nimmer erleben und geben können?«

So sprach die Reue. Und ihm war, als schritten ungesehen im Nebel neben ihm all die ungezählten Hunderttausende, die vor ihm und mit ihm denselben steinigen Weg gewandert sind – und am Wege liegen blieben. Ein Grausen überkam ihn. Wie oft war er selber daran gewesen, umzusinken und zu verschmachten. Er wagte nicht aufzuschauen. Furcht hatte die Reue abgelöst. Sie lauerte nur darauf, ihm im Nebel die bleichen starren Gesichter aller

135

derer zu zeigen, die mit verdorrten Seelen durchs Leben gingen und am Wege erlagen. Er sah nicht auf und sah nicht links und sah nicht rechts. Neben ihm aber hallten die gespensterhaften Schritte, die das Ohr nicht, die nur die Seele schaudernd vernimmt. Sie hallten, verwehten und erstarben. Und endlich fühlte er nur e i n e neben sich: die Mutter. Die aber sah mit hellen Augen nach ihm und lächelte ihn an mit jenem lieben stillen Lächeln, das sie immer so tapfer vor Leid und Weh zu stellen wußte. Da tastete mit sanften seidenweichen Fingern die Hoffnung wieder leise an seine Seele. Ein Drängen kam in ihn – unerklärlich froh. Und um ihn her war ein Flüstern, wie es oft an stillen Sommertagen geheimnisvoll über Wald und Fluren zittert und haucht. Schneller schritt er aus und fiel fast hin. So glatt war mit einem Male der Weg unter dem Schnee. Da rief eine Stimme warnend hinter ihm her:

»Sie, Herr! Sie! Nit da! Nit da!«

Er hörte kaum darauf. Da klangs lauter, ängstlicher, drängender:

»Herr, Sie brechen ja durch!«

Da krachte und klirrte und kreischte es auch schon unter seinen Füßen und stöhnte und seufzte so seltsam, als käm es herauf aus unendlichen Tiefen. Mit Schrecken hatte er erkannt, daß er im Nebel auf den flachuferigen kleinen See geraten war. Rasch kehrte er um. Da stand ein armes kleines Mutterl vor ihm, dicht in ein altes Wolltuch gehüllt.

»Da hats aber graten!« meinte sie halb ernst, halb schalkhaft. »Is ja noch gar dünn, das Eis! Mitten drin is er 'leicht gar noch offen, der See. Ah wuhl.«

Mit neugierigen Augen guckte sie nach dem stattlichen Manne, dem der Rauhfrost Haar und Bart und Pelz so dicht umsponnen hatte, daß er aussah, wie der König Winter selbst. Oder war der weiße Zauber erstanden aus frosterstarrten Reugedanken all der Tausende, die da an ihm vorübergeisterten?

Er dankte dem Mutterl warm, gab ihm Geld und ging. Sorge und Sehnsucht trieben ihn fort. Das Frauerl aber, das arme, rief ihm erschreckt nach:

»He! Sie, Herr! Sie müassn Eahna girrt haben! Das ist ja zviel! Das is ja um Gotts Willen viel zviel!«

Er schritt aus. Plötzlich wandte er sich um. Er wollte doch dem guten Weiblein nicht ein Almosen hingeworfen haben – seiner Lebensretterin! Und w i e ers gab, wars ein Almosen. Also fragte er:

»Hat's Mutterl wohl Kinder?«

»I freil wuhl – ihra zwölfi!«

»Nun, dann machen Sie den Kindern heut eine rechte Freud, bitte.« Und er gab ihr ein zweites Goldstück. »Von einem, dem heut eine große Freude gestorben ist.«

Sie starrte sprachlos auf die Goldstücke in ihrer Hand, den Freudenschreck im Gesicht.

»Is wohl schiar aso, wia d'Mutter gsagt hat. Muaß schiar aso sein.« So brummelte sie vor sich hin.

Er wollte gehn. Dennoch blieb er und fragte, was denn die Mutter gesagt habe?

»Ja, sehn S' Herr, uns ist just gestern aa a Freud gstorben, wia Eahna. Freili d'Mutter, sie is schon recht alt, recht alt is schon gwesen. So an etla neunzg Jahr. Ja. Aber daß just an d e m Tag hat gehn müass'n, das is ihr so viel unliab gwesen. Schau, hats gsagt, i kann nix dafür. Der Mensch kann si halt sei Sterbstund nit aussuachn. Ewi nit. I aber habs tröst. Und drauf hats gsagt: schauts Kinder, es is halt in Herrgott sein Willn, daß i just an dem Tag zu eahm auffikimm. Da kann i eahm ja glei sagn: Herr, lieber Gott-Vater, der du so viele Engerln hast – schau, i hab drunt auf der Erdn aa so a hübschi Schoar Engerln, hoaßt das halt – Enkelkinder. Und da just heunt der Geburtstag is von dein allerheiligsten Herrn Sohn, so mach denen drunt, dene arme Hascher, halt amal a rechte Freud! Und dabei hats soviel liab gwackelt und deut mit ihrn müadn Kopf. Ihre Augen aber san helliacht wordn und san nur so ganga von oan zum ondan, wia zwoa lustige Schelma. Alli zwölfi sans nämli dagstandn, die Kinder, und habns angschaut und habn si nit zrührn traut. Nur aus d'Augn hat eahna so gwiß a liabigs Valanga gschaut. Da hat das guati alte Häuterle glacht und hat gsagt: »I kenn engs schon an, was eng jetztn da denkts, alle miteinander! Laßts eng nur nit d' Freud verderben wegen meina! Laßts eng nur nöt d' Freud verderben!« Das is 's letzte gwesen, was gredt hat. Und sie hat Wort ghaltn. Sie hat bitt für ihre Enkelkinder.«

Dabei sah sie wieder die Goldstücke an. Dann erfaßte sie jäh die Hand des gütigen Mannes und küßte sie unter tausend »Vergelts Gott!«

»Liabs Mutterl«, sagte er gerührt und fand zwanglos Klänge der langentwöhnten heimatlichen Mundart wieder, »liabs Mutterl, das freut mich, daß mich die Großmutter zu Ihnen gschickt hat. Aber sehn S', da hätt ich beinah vergessen – sie hat mir ja gesagt, drei, drei soll ich Ihnen geben. Weil halt aller guten Dinge drei sind.« Er legte ihr noch ein Goldstück auf die Hand und schritt schnell davon. Rasch hatte ihn der Nebel aufgenommen.

Plötzlich überkam ihn eine treibende Angst: wenn Elsa den Brief geöffnet hätte! Wenn sie ihn erwartete! Nach so langem, langem Warten jetzt noch stundenlang warten müssen – das nähme die letzten Kräfte, löschte der sehnsuchtsdurstigen Seele alles Glühen aus ... Und wenn sie gar erfahren hätte, er sei drunten in der Bahnstation gesehen worden und nicht mit der Post gekommen – was müßte sie denken, was erleiden!

Rasch klomm er die scharfansteigende Straße hinan. Sein Heimatsort lag hoch. Und plötzlich trat er aus dem dichten Nebel ins Helle. In stiller Winterpracht, übergossen von dem rosigen Lichte der scheidenden Sonne, lagen seine Berge vor ihm, grüßten ihn und kannten ihn! Wie er auch, verwirrt von der Majestät der Berge und der Majestät des Schweigens, starr dastand: sein innerer Mensch kniete vor all der göttlichen Herrlichkeit und weinte und lachte, jubelte und betete und dankte Gott für die erlösende Stunde dieses Wiedersehens und – der Auferstehung.

Wie lange er so stillversunken und weltvergessen gestanden hatte – er hätts nicht sagen können. Als er aber weiter ging, wußte er: die Schätze seiner Seele lagen nur verschüttet in ihm. Die Heimat gab sie ihm wieder.

Als er endlich vor seinem schmucken bescheidenen Vaterhause stand, funkelten droben die Sterne. Dunkel wars im großen Zimmer und daneben in der kleinen trauten Kammer brannte ein spärliches Licht. Er wußte, was für ein Licht, und wußte, wem es brannte ...

Zögernd drückte seine Hand die Klinke, auf der jene liebe Hand da drinnen, ach, wie so oft, so oft geruht hatte. Und zögernd trat er ein. Leise. Sein Herz pochte durch die Stille. In dem kleinen dunklen Vorraum legte er Pelz und Mütze ab und strich sich die Eiskristalle aus Bart und Haar. Behutsam, behutsam öffnete er endlich die Tür in die große Stube – da, wo einstens das Glück wohnte und aus stillen Augen lachte. Und behutsam, behutsam schloß er sie wieder. Die Klinke aber gab, ins Schloß zurückschnellend, einen gar seltsamen lauten, lange nachklirrenden Klang. Schier wie ein fröhlicher Schrei hatte es geklungen: Da ist er!

Die Tür in der Wand gegenüber ging auf. Sein Herz erstarrte: dort auf der Schwelle, umflossen vom milden gelblichen Lichte stand sie – Elsa, die Braut. Stand in der schneeweißen Schönheit des jähen Schrecks.

Langsam tat er einen Schritt und schwer, schwer und heiser rang es sich aus seinem Munde: »Ich weiß es schon.«

Da tauchte hinter Elsa, in weiße Linnen gehüllt, eine Gestalt auf und sah mit großen verwunderten Augen nach ihm – seine Mutter.

Er taumelte erschüttert einige Schritte vor. Ein Stuhl stand im Weg und im Dunkel. Er stürzte darüber.

Tief erschrocken eilten die Frauen herbei. Elsa kam mit dem Lichte. Langsam hatte der Mann sich aufgerichtet und blickte totenbleich nach der Mutter wie nach einer Erscheinung.

»Mutter – bist du 's wirklich? Sie sagten – sie sagten – – du seist gestorben ...«

Die Frauen sahen sich sprachlos an.

»Die alt Brunnerin, sagten sie, sei gestern verschieden. Die von Almau hier.«

Die Mutter faßte sich zuerst.

»Bibi ist gestorben, Franz, die alte Bibi.«

»Die – alte – Bibi ...« So hieß die alte Bibiana Brunner schon in den Tagen seiner Jugend. Ein Lächeln trat in seine Züge. »Und hat ihre Tochter nicht eine Menge Kinder?«

»Freilich hat die Bachlehnerin eine helle Schar davon. Ich mein, wohl ein Dutzend.«

»So war ich also der lieben alten Bibi ein unbewußter Himmelsbote. Und du, Mutter, du wolltest wohl eben, des Wartens müde und erstarrt von der Enttäuschung, zu Bette gehn?«

Die Mutter nickte. Da schloß er sie in seine Arme. Nun war der seltsame Bann gelöst, der auf ihren freudendrängenden Seelen gelegen war wie Reif auf jungblühenden Blumen. Und es war, als wäre ein unsichtbarer Vierter zögernd und unhörbar davongeschlichen.

Als die Dreie dann, froh vereint, unterm Baume saßen, erzählte der glückselige Mann von seinem Wege hieher und sagte ihnen, er sei da seinen harten schweren Lebensweg noch einmal gewandert mit all seinem Leid und seinen wenigen, ach so armen Freuden. Nun aber sei er am Ziele – ein wandermüder Mann. Und nun wolle er endlich, endlich – L e b e n! Wahrhaftig lebe der Mensch ja nur in Glück und Freude. Und wahre Freude schaffe: L i e b e g e b e n. Je reicher wir Liebe geben, Menschenliebe geben, desto reicher werde unsere Seele, desto tiefer und reiner unsere Freude, desto schöner, desto gottähnlicher unser Leben ...

In dieses Gespräch hinein sangen draußen die Weihnachtsglocken feierlich ihr weihevolles Hohelied.

Da standen die drei glücklichen Menschen auf und gingen durch die funkelnde frostklirrende Sternennacht in die dämmerernste Kirche an die Krippe des Gottmenschen, den sie ans Kreuz geschlagen hatten, weil er Liebe, Liebe, Liebe gab in unausdenklicher Fülle.

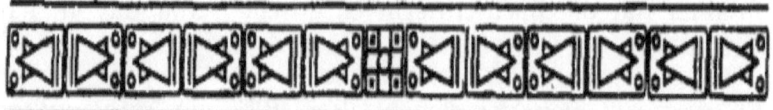

Das goldene Seil.

Immer wieder mußte Mutter Bertram den Kopf schütteln und sich immer wieder allerlei unruhsame Gedanken machen, so oft sie ihren Einzigen heute anschaute. Der war so viel ein nachdenklicher Bub, ein versonnener.

Was er denn heut wieder gar so sei, fragte sie endlich. Es sei nichts, gar nichts weiter. So wars immer. Nie sagte er ihr, an was er eigentlich denke, wenn er so dasitze und vor sich hinschaue. Nur ein einziges Mal hatte er ihr einiges verraten, ganz schüchtern und verschämt. Und das war so schön, so unerhört für das einfache Frauerl, daß es ganz stolz wurde und sich nun immer damit tröstete: es wird wieder so was Schöns sein – laß ihn gehn in Gottes Namen.

Heute aber konnte sie sich mit diesem Troste nicht bescheiden. Es war Christtag heut und der arme Bub wird wohl darüber nachdenken, wie so wunderschön es wäre, wenn auch zu ihm das Christkind käme – so in rechter Weis nämlich: in Glanz und Schimmer und in Pracht und Herrlichkeit. Ach Gott ja, das wollte sie ja selber gern; aber sie war eine arme kränkliche Frau, die sich kümmerlich mit ihrer Strickmaschine fortbringen und froh sein mußte, wenn sich zu ihrer stillen Hausgenossin, der Frau Sorge, nicht noch ein gar rebellischer Herr gesellte – der Hunger.

Einstens ja, da wars besser, damals, als ihr Mann noch lebte. Damals war ihr Gesicht noch nicht so blaß, nicht so spitz und nicht so voller Linien und Furchen. Diese waren allgemach durch die herben Liebkosungen ihrer stillen Hausgenossen entstanden und sie wirkten auf das zarte Empfinden Ottis schier schmerzlich. Ganz besonders wenn die Mutter lachte. Was sie noch immer gern tat. Dann kam ein Zug in ihr Gesicht, daß man meinte, sie lache nicht, sondern weine.

Das empfand er gestern abend besonders herb. Da sprach die Mutter – sie konnte manchmal sein wie ein Kind, trotz aller Sorg und Müh – vom Weihnachtsabend. Wie schön es halt wär, wenn sie wieder einmal einen gebackenen Fisch essen könnte und eine Wollhaube hätte, so eine recht warme. Es friere sie immer so viel in den Ohren, wenn sie zur Kirche gehe. Das malte sie so schön aus, plauderte darüber so harmlos und so viel, daß sie ganz übersah, daß Otti sie immer trübseliger anschaute. Mein Gott, einen Lieblingswunsch hat jeder Mensch. Und der von Mutter Bertram war doch gewiß kein unbescheidener.

An das gestrige Gespräch dachte nun Otti. Er wollte der Mutter schon längst einmal eine recht große Freude bereiten. Sein kühnster Wunsch war, sie von der abscheulichen Strickmaschine zu befreien. Die werde sie noch ganz krank machen, sagte er einmal erregt. Und die kleine zierliche, naiv harmlose Frau sah in solchen Augenblicken zu ihrem kräftigen Jungen auf – schier verschüchtert wie einst zu ihrem Manne. Und sie empfand dann in ihrer geistigen Abhängigkeit eine gar köstliche Befangenheit. Geradezu beschämt fühlte sie sich oft ihrem Buben gegenüber, der mit seinen zwölf Jahren so ernst war, während sie am liebsten immer gelacht und gesungen hätte, wenn sich das für eine Frau in ihrer Lage schickte. Sie nahm auch jetzt seine nachdenklichen Blicke als stumme Vorwürfe und fragte deshalb ablenkend und nach Frauenart ganz unvermittelt:

»Du denkst jetzt gewiß an das goldene Seil, Otti, gelt?«

»Ach Gott nein«, sagte Otti in seiner singenden Art und erhob sich. Es war ihm ein Gedanke gekommen. »Du, Mutter, ich geh zum Frohner Toni in die Stadt hinein. Bei der Rechenaufgab soll ich ihm helfen.«

»Hätt das nicht auch nach den Feiertagen Zeit?«

»Mich freuts grad heut.« Er hatte das ganz still gesagt, grüßte scheu und rasch und ging zur Tür hinaus – viel behender als es sonst seine Art war. Die Mutter rief ihn nicht zurück. Wenigstens kommt er auf andere Gedanken, dachte sie und arbeitete weiter.

Otti stampfte langsam durch den Schnee. Es fiel ihm gar nicht ein, zum Frohner Toni zu gehn. Aber der ersehnte Fisch und die warme Wollhaube zogen ihn nach der Stadt. S e h e n wollt er wenigstens diese beiden Dinge in den Schaufenstern der Kaufleute und auf dem großen Fischmarkte. Und ganz leise und ganz tief in ihm regte sich Hoffnung: vielleicht geschieht ein Wunder. Er dachte das nicht, aber es war in ihm und trieb ihn an.

So kam er an dem Teich vorbei. Der war hart und dick gefroren. Hie und da lagen Eisschollen auf der glatten Fläche. Und Otti wußte: dort waren die Luftlöcher für die Fische. Er griff unwillkürlich in die Tasche, drinnen er seine Angelschnur wußte. Als er sie hervorzog, schien sie schwer wie hartgefrorenes Schifftau. Langsam steckte er sie wieder ein und dachte während er unlustig und schwerfällig weiterging an das goldene Seil, das ja heute Nacht vom Himmel niederhängen wird und von jedem erfaßt werden kann, der in Sinn und Herz keine Sünde trägt. Und wer es in die Hände bekomme, das herrliche goldene Seil, der dürfe getrost daran ziehen. Dann wird hoch droben im Himmel ein Glöcklein ertönen und einen Engel herbeirufen. Der fragt dann mit lieber Stimme, was der da drunten sich Gutes wünsche und Schönes? Und er darf es ungescheut sagen, was es auch sei. Der Engel bringe die Wünsche ohne weiteres dem lieben Gott selbst vor und der gewährt sie in seiner unendlichen Güte gern und immer. So erzählte ihm die Großmutter. Und in der weihevollen Christnacht und in der geheimnisvollen Nacht der Sommersonnenwende hänge es hernieder vom dämmernden Sternenhimmel, das wundersame goldene Seil.

In der letzten Sommersonnenwendnacht war er auf der Suche nach ihm. Aber er fand es nicht, obwohl er es damals so notwendig gebraucht hätte. Die Mutter war recht krank und er hatte viele Tage nichts Warmes zu essen gehabt. Ob wohl alle, denen es so viel besser ging als seiner Mutter und ihm, einmal an diesem Wunderseile gezogen hatten? Aber wie könnte das sein? Der Frohner Toni zum Beispiel, der alles haben konnte, was er wollte, war gerade keiner von den Bravsten und sein Vater, hat er sagen hören, habe seinen Reichtum auch nicht auf die gottgefälligste Weise erworben. Wie so etwas nur möglich sei und wie der liebe Gott das zulassen könne? Und der feine Knabe damals aus der Stadt, der ins Eis einbrach? Ob dem sein Vater auch auf die Art reichgeworden ist, wie dem Toni der seine? Wenn er das gewiß gewußt hätte ... Nein! Er hätt immer getan, was er dort auf dem Teiche getan hat vor etwa vierzehn Tagen. Er hatte dem feinen Knaben gesagt, du, gib acht, das Eis ist noch nicht stark, fahr nicht zu weit hinaus! Der aber hat ihn nur stolz und hochmütig angeschaut und ist dahingesaust. Schön konnte er laufen und sehr feine Schlittschuhe hatte er. Wenn er solche auch haben könnte, dachte er heimlich. Da brach der Knabe durch das Eis. Otti hielt gerade eine lange Stange in der Hand, mit der er vorhin prüfend auf das Eis geschlagen hatte. Er lief hinaus, reichte dem Knaben die Stange hin. Der aber schlug ganz verzweifelt um sich und geriet immer mehr in das noch dünne Eis. Otti schrie ihm zu, er möge doch umkehren, da, wo er hineinfiel und Otti jetzt stehe, sei das Eis fest. Als der Knabe aber nicht hörte, sprang er selbst ins Wasser. Wie er mit ihm wieder herauskam, wußte er selbst nicht mehr recht. Er war ganz von Sinnen, als er wieder droben auf dem festen Eise lag. Und da ihn schließlich sehr fror, lief er, so schnell er konnte, heim, ohne sich weiter um den Knaben zu kümmern. War auch nicht mehr notwendig, da ohnehin schon Leute da waren. Zwei Tage lag er im Schüttelfrost. Dann war wieder alles gut.

Ein Schulkamerad der damals am Teich mit dabei war, erzählte ihm nachher, daß der feine Knabe von seinem Begleiter, der sein Lehrer gewesen sein müsse, rasch in warme Decken und Pelze gehüllt wurde und daß sie dann schnell mit ihm in die Stadt fuhren. In dem schönsten Schlitten, den er je gesehen habe. Den Schulkameraden habe der Herr mit der schönen Pelzmütze noch gefragt, wer der kleine Lebensretter sei und er habe ihm zugerufen, das sei doch der Bertram Otti.

»Der hat gmeint, mich müssen alle Leut kennen«, dachte er jetzt, immer dahingehend, lächelnd bei sich und dachte an den schönen Schlitten und an den feinen Knaben, der ihm nicht einmal »Dank schön« gesagt und sich die ganze Zeit her nicht um ihn gekümmert hatte. Um des Dankes willen hast dus nicht getan, sagte ihm verweisend die Mutter, als er ähnliche Gedanken äußerte, und vielleicht – ja vielleicht ist der Knabe am Fieber gestorben, das ihn wohl auch gepackt hatte, so wie ihn.

Bei dieser Vorstellung versiegten ihm jählings alle Gedanken, die ihm bisher ungerufen gekommen waren wie im Traume. Und als er verwundert aufsah, kam ihm alles ganz anders vor. Er wußte nicht wie, aber so schön sah's ihn nicht mehr an wie vorhin. Und war doch genau dieselbe Gegend.

Da er mittlerweile in die äußeren Straßen der Stadt gekommen war, hieß es nun auf den Weg achten. Je tiefer er in die Stadt kam, desto lebhafter wurde das

Weihnachtstreiben. Ueberall geschäftige Menschen mit fröhlichen Gesichtern und mit wohlverhüllten Gaben in der Hand. Und wer noch nichts hatte, der ging so dahin, daß man es ihm ansah, es gehe die drängende Freude mit ihm auf den Christkindlmarkt.

Da dachte er wieder an seinen Fisch und an die warme wollene Haube für die Mutter. Und kam just an ein Schaufenster, wo solche Hauben neben anderen Sachen ausgehängt waren. Schöne begehrenswerte Sachen! Da gerade ein Geschäftsfräulein herauskam, um einen Gegenstand aus dem Schaufenster zu holen, nahm er sich ein Herz und fragte, was so eine Haube wohl koste? »Drei Kronen fünfzig«, sagte das Fräulein und schaute ihn an, als wollte sie sagen: »Sonderbar, daß so ein Bub nach nichts anderem fragt als nach einer Wollhaube für Frauen.«

Der Bub aber war über den hohen Preis so erschrocken, daß er sich wortlos davonschlich. Er irrte eine gute Weile unfroh durch die Gassen, kam aber, ohne es recht zu wollen, wieder zu dem Schaufenster, wo die Wollhaube hing. Sie war schön grau, hatte roten Putz, war innen hübsch gefüttert und mußte sehr warm sein. Sehr warm, dachte er und ging wieder weiter. Das Geschäftsfräulein hatte ihn von drinnen gesehen und ihm flüchtig zugelächelt. Das kam ihm aber erst zum Bewußtsein, als er schon weit von dem Laden weg war. Wenn die schon so freundlich ist, so schaust nochmals hin, sagte er zu sich selbst und drängte und schob sich wieder an das Schaufenster. Und schaute mit großen Augen hinein. Aber nicht mehr nach der Wollhaube, sondern nach einem Paar blinkender Schlittschuhe. Die werden wohl mehr kosten als die Wollhaube, meinte er. Da tupfte ihn jemand auf die Schulter.

»Du, möchtest du dir nit ein paar Heller verdienen?« Es war das Geschäftsfräulein.

»O gern.«

»Dann komm herein.«

Mit ein paar großen ungelenken Schritten war er im Laden und folgte dem raschschreitenden Fräulein in einen halbdunklen Nebenraum. Der war schier übervoll gestopft mit Paketen – groß und klein, rund und eckig.

»Kennst du dich aus in der Stadt?«

»Freilich.«

»Dann kannst du da einiges austragen. Weißt, unsere Laufburschen wissen heut nit, wo ein und aus und die Dienstmänner laufen auch weiß Gott wo rum. Und fort müssen die bestellten Sachen – nit?«

»Natürlich!« jubelte Otti.

»Alsdann paß auf. Ich geb dir nur kleinere Sachen da auf die Buckelkraxe. Aber achtgeben, damit nichts hin wird!«

»Ach! Gschieht nichts!«

Sie belud ihm die »Kraxe« sehr behutsam und gab ihm eine Anzahl Zettel, die man leicht in zwei Teile trennen konnte. Einen Teil soll er der Kunde geben, den andern aber von dieser unterschreiben lassen und wieder bringen. Die Adressen stünden überall darauf und lesen könne er ja wohl.

»Wenns deutlich gschrieben ist,« meinte Otti sehr wichtig, sah, daß es ging, ordnete die Zettel nach Gassen und ging frohgemut ins Straßengewühl hinaus. Jetzt paßte er ja hinein in dieses Bild als richtige vollwertige Figur. Er mußte aber eilen, wollte er die paar Zwanzighellerstücke sparen, die ihm das Fräulein für die »Elektrische« gab, damit er zu den weiter entfernten Kunden fahren könne. Es ging alles ganz gut und glatt. Ueberall hatte man ihn freudig empfangen und ihm beinahe überall ein kleines Trinkgeld gegeben.

Sehr vergnügt kehrte er in den Laden zurück und das Fräulein belud ihm die »Kraxe« abermals, lobte ihn und sagte verheißungsvoll, er werde das nicht zu bereuen haben. Als er draußen die Wollhaube im Fenster sah, meinte er frohlockend: »Werden dich schon kriegen! Und wenns amend nicht langt – ich glaub, das Fräulein läßt handeln!«

Diesmal mußte er am Fischmarkt vorbei. Er ging am Fußsteig herüben, als von drüben der laute verlockende Ruf tönte: »Ausverkauf! Staunend billig! Weils die letzten sind!« Das zog ihn hinüber wie mit Stricken. Mit einem Satze war er in der Mitte der Straße. Er sah nur den rufenden Fischhändler. Plötzlich hörte er ein zorniges Brummen, schier ein Brüllen, als stürze wütend ein wildes Tier auf ihn los. Dann ein vielstimmiger Aufschrei – und er lag halbbesinnungslos am Rande des jenseitigen Straßensteiges: ein Wagen der »Elektrischen« hatte ihn gestreift und zur Seite geschleudert.

Zwei, drei halfen ihm, richteten ihn auf. Er war kreidebleich und zitterte am ganzen Körper. Seine erste Frage galt der »Kraxe«. Wenn da etwas gebrochen war! Dann ade Fisch und Haube und Weihnachtsfreude! Eine flüchtige Besichtigung und Betastung der zumeist aus festen Schachteln bestehenden Pakete ließ gute Hoffnung zu. Er stammelte seinen Dank und schlich davon. Dem rufenden Fischhändler wagte er keinen Blick mehr zuzuwerfen.

Nach echter Bubenart wollte er bei der ersten Partei rasch sein Paket abgeben und davonlaufen. Als ihm die Dame aber ein Geldstück gab, bat er doch, nachzusehen, ob nicht etwas gebrochen sei, und erzählte sein Unglück. Die Dame sah nach. Es war alles heil. Daraufhin gab sie ihm noch ein Geldstück – »weil er so ehrlich war«.

Nun wagte er diese »Ehrlichkeit« bei jeder Partei gleich von vornherein. Und kam überall gut an und weg. Nur bei zweien haperte es. Ein kleiner Schade. Bei einem alten Herrn bekam er Schelte und war froh, daß es noch so glimpflich ablief. Bei einem jungen hübschen Frauchen aber setzte es schließlich doch ein kleines Geldgeschenk ab – weil er »halt gar so sehr in Gefahr war«. Und weil »weil heut schon heiliger Abend sei«.

Keckfröhlich übergab er schließlich dem Fräulein die bestätigten Scheine und fragte, ob noch was zu tun sei? Nein, es gab nichts mehr zum Austragen. Woher er die Kleider so beschmutzt habe? Er erzählte wieder. Jetzt mit jenen heißatmigen Uebertreibungen, die dem romantischen Hange der Jugend entspringen. Das Fräulein war sehr bestürzt, fragte aber vor allem nach den Paketen. Sie war eben ein Geschäftsfräulein. Da er ihr beruhigende Auskunft geben konnte, fand sie, es wäre wirklich ein großes Glück, daß er so gut darausgekommen sei und bemaß großmütig den ausgesetzten Lohn um ein Zwanzighellerstück höher. Geschäftsleute sind eben sparsam und lassen ihre Gefühle in Geschäftssachen grundsätzlich nicht mitreden. Auch nicht um die Weihnachtszeit.

Stolz ging Otti nun in den Laden und verlangte die Haube. Drei Kronen fünfzig. Er zählte sein »Vermögen«. Es waren vier Kronen zwanzig. Blieben also nur noch siebzig Heller für den Fisch. Er dachte, das lange schon noch, jetzt, wo sie im Ausverkauf so »staunend billig« seien.

Einen Fisch wolle er haben, sagte er zum Händler im Tone eines Menschen, der weiß, daß er bezahlen kann, was er begehrt. Der Fischer sah den Jungen etwas mißtrauisch an und langte ihm ein armselig Weißfischlein heraus. Das aber warf Otti verächtlich zurück ins Wasser und meinte, einen solchen könne er alle Tage haben. Es müsse schon ein Karpf sein heut und zwar ein Spiegelkarpf. Sei auch noch da, sagte der Fischer in jenem Gemütstone, der sich immer so hübsch nach der Wertschätzung der jeweiligen Kunden richtet. Eine Krone achtzig das Kilo.

»Das Kilo?« fragte Otti geradezu entrüstet.

Jawohl, das Kilo. Er werde doch nicht meinen, ein ganzer Karpf?

Da war's vorbei mit Mut und Zuversicht und Keckheit. Sein Geld reichte ja kaum für ein halbes Kilo. So viel Geld habe er »augenblicklich« nicht bei sich, wollte er keck sagen. Fiel aber sehr kläglich aus. Der Fischer warf den schönen Karpfen ins Wasser zurück und wandte dem betrübten Knaben mit stummer Verachtung den Rücken. Er schimpfte wohl nur deshalb nicht, weil eine neue Kunde am, die auf weit solideres Geschäft hoffen ließ.

Ein Herr hatte den kleinen Auftritt mit angesehen und sich daran köstlich geweidet. Als er aber das bitterenttäuschte Gesicht des armen Jungen sah und sah, wie es um seine Mundwinkel zuckte und wie er mit unbeschreiblich bestürzter Miene dem Fisch nachschaute, da überkam den guten Mann, der offenbar ein Junggeselle und daher ein Kinderfreund war, die Geberlaune. Die lag ja heute schon so in der Luft.

Er fragte Otti, für wen er denn den Fisch brauche, und als er hörte, der Junge wolle damit seine Mutter überraschen, die gar so gern einmal einen gebackenen Fisch äße, da kaufte er ihm mit selbstgefälliger Freundlichkeit einen halben Karpfen und entzog sich mit derb-humorvollen Worten und so überaus schnell den überstürzten Danksagungen Ottis, daß es den Eindruck machte, als reue ihn der ganze Fischhandel schon. Er lief gewissermaßen vor sich selbst davon.

Otti aber war überglücklich. Hatte er doch nun nicht nur

Haube und Fisch, sondern auch noch siebzig Heller bar! Für diese Riesensumme kaufte er für sich, was ihm am liebsten war: Zuckerln, und zwar feine.

Im Hochgefühle eines Gebers und zugleich froh Beschenkten ging er die schneeigen Fluren heimwärts. Es war mittlerweile völlig Nacht geworden. Doch droben glänzten in seltener Pracht und still die Sterne und in ihm war so viel leuchtende Freude, daß er sich nicht gefürchtet hätte, wenn es auch ganz finster gewesen wäre.

Als er am Teiche vorbeikam, blieb er stehn und sagte zu sich selbst: »Nun hab ich meinen Karpfen auf rechtschaffene Weise. Keinen ganzen zwar, aber es tut's so auch. Und wenn heut Nacht das goldene Seil in dieser Gegend irgendwo vom Himmel niederhängen sollt, so kann ich mit gutem Gewissen danach greifen.«

»Wenn die Angelschnur nicht wär!« sagte da eine Stimme in ihm. Er schritt rasch aus. Aber die Füße wurden ihm schwer und die Stimme rief immer und immer: »Wenn die Angelschnur nicht wär! Wenn die Angelschnur nicht wär!« Da kehrte er um, band an die Schnur eine große Eisscholle und warf sie durch ein Fischloch ins Wasser. Nun war sein Gewissen still: denn seit der letzten Beichte hatte er nicht geangelt. Leid war ihm um die Angelschnur sehr – doch da man dafür vielleicht das goldene Seil eintauschen könnte, so kam er zu dem Schluß: dumm wars gewiß nicht. Und war getröstet.

Vorsichtig schlich er ins Haus. Die Mutter sollt ihn nicht sehen. Doch die hatte ihn schon gesehen. Sie ging ihm aber nicht entgegen, sondern guckte schalkhaft um eine Ecke im Hausflur und lachte leise. Otti wunderte sich darüber sehr. Die Mutter schalt ihn gar nicht, daß er so spät komme! Sie lachte sogar – und wie! So hatte er sie noch gar nie lachen hören. Als er merkte, daß sie in die »schöne« Stube ging, schlich er in die Küche und warf dort den Fisch ins Wasserschaff. Dann ging er in seine kleine Kammer und zog seine »besten« Kleider an, damit die Mutter die Kotflecke nicht sehe und nicht gleich frage, warum und woher. Dann wärs ja vorbei mit aller Ueberraschung. Und er freute sich schon so sehr auf ihr freudestrahlendes Gesicht.

Sorgfältig glättete er die Haube und barg sie unter seinem Rock. Dann wollte er ins Zimmer. Die Tür war abgesperrt. Das war noch nie da. Er klopfte. Die Mutter antwortete, er müsse schon noch ein bisserl warten. Er hörte sie drinnen geheimnisvoll herumrauschen und leise – singen. Da blitzte ihm ein Gedanke auf: vielleicht hat s i e ... Ja, sie war gewiß in Sinn und Herz viel braver als er. Und so könnt es schon sein, daß der liebe Gott i h r das goldene Seil in die Hände gespielt hatte, auf das er seine schönsten Hoffnungen setzte. Nun, wenns schon so war – so bleibts doch wenigstens in der Familie.

Plötzlich tat sich die Tür weit auf. Und nun war die Ueberraschung, die er bereiten wollte, wirklich auf seiner Seite: auf dem Tische stand ein kleiner Christbaum und darunter lag ein Reichtum, wie ihn diese Stube noch nie gesehen hatte: ein schöner Bubenanzug, feine Schlittschuhe, eine ganz echte Pelzhaube, gefütterte Handschuhe, Bücher in prächtigen Einbänden und – das tat ihm schier weh – auch Frauensachen mancherlei Art. Er stand nur und schaute und staunte.

»Das da gehört alles dir«, sagte die Mutter und sagte es so großartig einfach und selbstverständlich, als wär das alle Jahre so gewesen um diese Zeit.

»Ja, aber Mutter ... Nicht wahr, das goldene Seil ...«

Da lachte die Mutter gar schalkhaft und sagte im Märchenton:

154

»Es war einmal ein Junge, ein feiner, der brach draußen im Teich ins Eis ein ...«

»Von dem also!« rief Otti schier enttäuscht.

»Vielmehr von seinem Vater. Weil die Weihnachtszeit so nahe war, hat er sich den Dank für heut aufgespart.«

Und noch mehr wußte die Mutter dem freudebetäubten Jungen zu sagen: sie habe dem reichen Manne, weil er darum gefragt habe, auch gesagt, daß ihr Otti halt gar so viel gern studieren tät. Da hat der gute Herr gemeint, das sei sehr einfach: er lasse den wackeren Lebensretter seines Sohnes mit größtem Vergnügen auf seine Kosten studieren. Da wurde Otti sehr schwül zumute. Er fürchtete sich nämlich vor dem Studieren so sehr, als er sich freute. Die Freude lag in ihm – die Furcht kam von der Schule.

Da ihm bei alldem heiß geworden war, öffnete er seinen Rock. Da fiel denn die Wollhaube heraus, von der er geglaubt hatte, sie werde heute von seiner Mutter bewundert und angestaunt werden, wie ein eitel Wunderding. Und nun lag sie in ihrer grauen Schlichtheit am kahlen Boden. Neben all den Herrlichkeiten – unsagbar armselig! Er schämte sich ihrer fast.

Die Mutter aber hob staunend die arme Haube auf. Und als sie erfuhr, wie und unter welchen Umständen Otti dieses ersehnte Geschenk für sie erworben hatte, da standen ihr die hellen Mutterfreudentränen in den Augen. Sie umarmte und küßte ihren Sohn und sagte ihm, von all den schönen Sachen, die sie heute so unverhofft bekommen habe, sei ihr die schlichte Wollhaube das kostbarste und liebste Stück. Und wenn sie so reich wäre wie der Mann, der heute bei ihr war – die Haube würde sie doch und just zu den größten Feiertagen tragen. Und sie werde sie auch tragen – so stolz wie eine richtige Königin ihre Krone. Und werde den Leuten sagen: seht, die hat mir mein Sohn geschenkt von seinem ersten Geld, das er sich verdient hat mit Gefahr seines Lebens.

Nun war Otti wieder froh und glücklich und konnte sich seiner schönen Geschenke von ganzem Herzen freuen.

Als sie dann gar fröhlich beim Fischmahle saßen und von dem Weine tranken, der unterm Baume lag, meinte die Mutter:

»Du, Otti, heut warst du aber fest dran am goldenen Seil! Mit beiden Händen hast dus gehabt!«

Otti sah seine Mutter verwundert an. Er werde ihre Worte schon verstehn, später, wenn er einmal ein studierter Mann sein werde, sagte sie und freute sich sehr, daß sie so weise und überlegen sprechen konnte.

Und Zeit und tiefere Erkenntnis kamen. Und als nun Otto, ein Mann geworden, mir die Geschichte dieses ihm unvergeßlichen Weihnachtsabends erzählte, meinte er, er glaube fest daran, daß für j e d e n Menschen so ein goldenes Seil vom Himmel niederhänge. Um zu ihm zu gelangen, gehörte aber etwas, was er jedem vom Herzen gern wünsche: ein s t a r k e r W i l l e z u m G u t e n.

Eine Insel der Seligen.

Immer noch konnte sie es nicht fassen, saß noch immer in ihrem alten Lehnstuhl und hielt den Brief in den Händen, der ihr die letzte Hoffnung nahm und alle Freude ihres Lebens.

Zwei Jahre fast waren es nun her, daß sie von ihrem Helmi nichts mehr hörte. Er war unter die Lebendigtoten geraten, unter die Kriegsvermißten. Und just heute, am Tage, wo Friede und Freude sein oder doch einkehren sollte in aller Herzen, just heute kam auf ihr unermüdliches Nachforschen ein Brief, der ihr gewissermaßen amtlich beglaubigte, ihr Wilhelm sei schon lange nicht mehr unter den Lebenden.

»Erlöst«, hauchte sie endlich, nachdem sie in weher Mutterliebe das ganze helle Leben durchdacht und durchträumt hatte, das ihr Liebling, ihr einziges Kind, durchwandert hatte bis zu dem Tage, da auch er hinein mußte in den wilden grausamen Krieg. Und der Stunde gedachte sie, da die Nachricht kam, er sei vermißt. Die bangen, immer wiederkehrenden Fragen aber: Wo wird er jetzt sein? Wie wird es ihm ergehn? Was wird er erleiden, was erdulden müssen in der wahrscheinlichen Gefangenschaft weit hinten in der sibirischen Einöde? – alle diese marternden Fragen kamen nun zur Ruhe, kamen zur Ruhe auf so bittere Art ...

»Erlöst«, wiederholte sie, wischte sich über die Augen, stärkte ihre tränenschwere Seele mit einem Gebet und nahm sich vor, für heute zu schweigen vor dem Bräutlein des Toten, vor der lieblichen Adelheid. Erst nach den Feiertagen soll sie erfahren, was unabänderlich ist und daher ertragen werden muß ...

Dies denkend, hörte sie vom Flur des Hauses den hellen freudigen Ruf: »Mutter!« Eilige Schrittchen nahten sich der Tür. Rasch verbarg Frau Burga den verhängnisvollen Brief, glättete die ergrauten Scheitel und mühte sich, unbefangen zu erscheinen, damit Adelheid, die unverzagt Hoffende, nichts merkte.

Die war unterdessen aufgeregt ins Stübchen getreten und erfüllte es mit ihrer hellen Lebendigkeit und blonden Lieblichkeit wie mit einem Leuchten und Schimmern.

»Mutterl!« rief sie wieder und ihre Stimme lachte und weinte Freude. »Denk' dir, der Steinbauer Franzl hat einen Brief geschrieben. Geflohen ist er, im deutschen Lager ist er angekommen nach langer gefahrvoller Flucht durch Rußland. Und Helmi sei schon vor ihm entflohen, müsse schon in Deutschland sein oder droben in Schweden. Mutter! Mutter! Er lebt! Er lebt! Hab ichs nicht immer gesagt ... Ja, was hast du denn? Du freust dich ja gar nit? Du weinst ja ...«

»Schau Adi, weil das halt gar so überraschend kommen ist.«

Das blonde Mädchen warf sich ungestüm zu Füßen der alten Frau, legte ihr Köpfchen mit der schweren goldigen Haarkrone in ihren Schoß und weinte, erschüttert von Freude und Glück.

Frau Burga streichelte sanft über den widerspenstigen Haarflaum der Aufgeregten hin. Da schaute Adi zu ihr auf. In ihrem nicht auffallend schönen, aber berückend liebreizenden Gesichtlein strahlte unter Tränen ein so Glückseliges Lächeln, daß Frau Burga nicht wußte, wie ihr geschah vor Weh und vor Freud über die Treue und über das Glück des guten Kindes. Sie ist ja so selten geworden, die lautere Treue – schier etwas Verächtliches ...

»Ein neues Leben ist auferstanden«, dachte sie schmerzlich, »ein neuer eisigkalter Glaube; Throne sind gestürzt, Reiche zerfallen, Heiliges zertrümmert worden, und weit, weit im Land geht die Selbstsucht um, schier allmächtig herrscht die Habgier und frißt an den Seelen ... Ein Reich ist aufgerichtet worden des kalten Verstandes, der Gleichheit, die mir eine Gleichheit scheint des Bösen nur, da sie haßt, was nicht ist wie sie ... Und ich alte Frau bin allein in dieser kalten rücksichtslosen Welt: nach dem Vater ist nun auch der Sohn hinübergegangen ... und die da, die jetzt vor mir kniet und unter Tränen glückselig lächelnd zu mir aufschaut, die mir Trost und Halt, mir Stütze ist im Glauben an das Bessere im Menschen – die muß ich nun auch hingeben, muß ihr, der Treuen, noch zureden ...«

»Gelt, Mutterl«, sagte Adi, als hätte sie die peinigenden Gedanken der geliebten Frau erraten, »gelt, jetzt wirst du mir keine so garstigen Andeutungen mehr machen, ich soll halt doch den Krohner Sepp nehmen, weils die Mutter will, die der Reichtum blendet? Jetzt kann ichs dir ja sagen: eh ich den genommen hätt, so reich er auch ist, wär ich ledig geblieben. Ich leb ja nur in mir und nur für Helmi, hab meinen Beruf, kann mich ausgeben an die Kinder und von ihnen empfangen unendlich viel Liebe und Freude. Das hätt mein Leben schon ausgefüllt ... kämen dazu ja noch die Erinnerungen an das Schöne und Helle und Liebe ... ach, Mutter, du verstehst mich ja!«

»Ja, ich versteh dich. Du bist treu und lauter und darum eine Lehrerin und Jugendbildnerin mit goldener Seele. Eine, der die Kinder aus Liebe folgen, ohne daß sie strenge zu sein braucht mit ihnen.«

»O, das kann ich schon auch, wenn es sein muß!«

»Ja, das kannst du – wundersamerweise kannst du das, du blumenzartes Dingelchen.« Sie lächelte und war seltsam

159

berührt von dem selbstsicheren Ernste, der wie ein Schatten über Adis sonniges Gesichtlein gekommen war.

»Heut aber, Mutter gelt, heut darf ich ...« Sie nickte der verstehenden Frau bedeutsam zu, ging zum Harmonium und öffnete es. Das Mutterherz zuckte schmerzlich zusammen; doch sie vermochte es nicht, die überströmende Glückseligkeit ihres »Kindls« zu zerstören. Es war ja eine Weihefeier für den lieben Toten. Und so lauschte sie denn tieferschüttert der feierlichen Musik, die der geschaffen hatte, den sie als Abgeschiedenen beweinte, während sie dort, die Glückselige, ihn als Wiederkehrenden begrüßte mit seines Wesens ureigenster Sprache: mit seiner Musik.

O, wie viele schöne und stolze Hoffnungen waren mit ihm dahingeschwunden! Sein Vater war ein Musikbeflissener, ein Regenschori wie selten einer, doch kein Schaffender, kein Schöpfer. In ihrem Wilhelm aber floß der göttliche Born. Seine erste Messe hatten sie in der Kirche drüben aufgeführt, ehe er in den Krieg mußte, und selbst drinnen in der Landeshauptstadt durchbrauste sie die Hallen des neuen Domes, erfüllte die Herzen der Gläubigen mit Andacht und jene der Kenner mit Freude und Zuversicht. Und jetzt durchbrausten die feierlichen Klänge des Te Deum laudamus die Stube und erschütterten das wunde Mutterherz; sie aber, die ahnungslose Braut, zerfloß in Glückseligkeit ...

Als die Musik verklungen war, herrschte eine Weile feierliche Stille in dem schon dämmerigen Raume; dann stand Adelheid auf, legte den Zeigefinger an den rosigen Kindermund und flehte mit den Augen: Kein Wort jetzt! Keinen Laut! Mit leisen Schrittlein schwebte, huschte sie hinaus, ließ die Mutter allein mit dem inneren Verklingen und Verwehen der Musik, die dem erstanden war, dessen Seele sie jetzt um sich zu fühlen glaubte.

Ueberwältigt von den glückseligsten und erhebendsten

Gefühlen, war das frohmutige Kind hinweggegangen – und sie, die nichts mehr wollte auf dieser Welt als dieses Glück: sie mußte es ihr nehmen. Wie wird sie das ertragen? Wohl ist sie innerlich stark; aber sie ist so blumenzart, so ganz Liebe für den Liebsten, daß sie auch zusammenbrechen konnte, sie, die keinen Augenblick die Hoffnung auf seine Wiederkehr aufgegeben hatte.

»Furchtbar wär für mich dieser Schlag – für sie aber ... wärs für sie nicht Erlösung, Errettung vor den Schrecken der Gegenwartswelt ...«

Welch bittrer Trost! Welche Welt, in der es besser war, zu sterben, als zu leben. Sie war aufgestanden, ordnete gedankenverloren dies und das und sagte endlich zur alten Lina, ihrer Magd, sie wolle noch ein wenig hinübergehn zu ihrem Mann – auf den Friedhof. Es war ihr liebe Gewohnheit, auch jetzt noch alles ihrem Manne zu sagen, der all sein Lebtag ein großes Kind geblieben war und sich ohne seine Frau wohl nicht zurechtgefunden hätte in den Wirrnissen des Lebens.

Als sie vor die Tür ihres Häuschens trat, sank eben die Wintersonne hinunter, feierlich schön. O, dieser weite Blick hinunter ins Land, hinüber nach den Bergen! Dies Häuschen zu besitzen, hier heroben den Lebensabend zu verträumen, war ihres Mannes heißester Herzenswunsch gewesen. Eine kleine Erbschaft ermöglichte ihm die Erfüllung. Er konnte noch die Freude erleben, seinen Sohn als hoffnungsvollen Tondichter gefeiert zu sehen, und war eines Abends inmitten seiner Musik und seiner Träume und Pläne mit seinen Lieblingen, den Bienen, hinübergegangen in das Reich, wo es keine Enttäuschungen mehr, dafür aber ein Herrliches gibt, das zugleich ein Furchtbares ist für sterbliche Menschen, unerträglich ihrem Sinne: unerbittliche Gerechtigkeit, uneingeschränkte Wahrheit.

Es war schon dunkel als sie vom Friedhofe heimkam. Sie fühlte sich so müde; schwer waren ihr die Glieder, die Augen, die keine Tränen mehr hatten, fielen ihr zu, und bedrückend und doch trostvoll war in ihr das Fühlen und Denken: die Toten haben es besser als die Lebenden ...

Ehe Adelheid zum Abendessen kam, nach dem der kleine Baum angezündet werden sollte, konnte sie sich noch ein Weilchen ausruhen in ihrem lieben alten Sorgenstuhl.

Wie sie so dasaß, müde an Leib und Seele, trat der Schlummer an sie heran und brachte ihr einen wundersamen leuchtenden Traum: Christus stand dort in der Erkernische und schaute nach ihr. Seine Augen leuchteten wie zwei milde Sonnen und unbeschreiblich aus ihnen sprach die Gottesseele. Und sie verstand ihre Sprache: »Hoffe, du Gute, du Trostmutige, hoffe: dein Glück ist nahe! Was in Liebe so schön geblüht, in Treue sich so stark bewährt – es soll nicht umsonst geblüht, gehofft und gelitten, nicht umsonst vertraut haben auf Gottes Hilfe.«

An ihr vorbei schritt darauf der Herr und sein Leuchten ging mit ihm durch das dunkle Zimmer. Lautlos schritt er zur Tür hin, öffnete sie und winkte hinaus, ruhevoll wie es nur ein Gott vermag. Und einer trat herein, ein bleicher junger Mann, den sollte sie kennen – war es nicht Wilhelm, ihr Sohn? So über alle Maßen feierlich sah er aus, so erhaben fremd, daß ihr bange wurde in all der Freude stillallmählichen sichern Erkennens: er ist's! Er ist es ja!

Der Herr nimmt ihn bei der Hand, führt ihn der Mutter zu. Er läßt sich vor ihr nieder, sein Körper zuckt im heftigen Schluchzen der Wiedersehensfreude. Und sie, sie möchte sich auch freuen, will die Hand ausstrecken nach ihrem Kinde, dem endlich wiedergefundenen – wagt es aber nicht: der Herr steht ja leuchtend hinter ihm und es ist ja die Seele, nicht der Leib ihres Sohnes, was da vor ihr kniet. Wer sollte wagen, danach auszustrecken die irdische Hand? Und heiß war in ihr, übermächtig das Wünschen, das schier sündhafte: o, wär es doch sein Leib! Dürft ich ihn nochmals an mein Herz drücken und an dem seinen weinen Tränen der Freude und des Mutterglückes. O, wie durfte sie mit solchen Wünschen aufschauen zum Herrn, der ihr die Gnade erwies, im Traume zu schauen, was sterbliche Augen nie erreichen können: ihres Kindes Seele! Die schlackenlose leuchtende Seele ...

Jetzt stand das Ueberirdische ihres Kindes auf und schaute sie an – o Herr im Himmel, mit Augen, die so voll waren irdischen Glückes und menschlicher Freude, daß sie froherschrocken glaubte, er stehe vor ihr leibhaftig und nicht als seliger Geist. Der Herr aber an seiner Seite nickte ihr zu und sie las in seinem göttlichen Herzen die Worte: Freue dich, er ist es wahrhaftig und bleibt bei dir, bis ich ihn rufe. Und wieder nickte er ihr zu, gottvoll gütig, breitete segnend die Hände und schritt durch den Erker feierlich hinaus in die Sternennacht.

Der Sohn aber, der leuchtende, schritt schier ebenso feierlich zum Harmonium und alsbald klang es leise wie aus unermeßlichen Fernen, wurde lauter, wuchs an, jubelte, jauchzte, weinte, lachte, brauste wie ein Freudensturm. So gewaltig war das Brausen, schreckhaft schön und glückselig froh, daß Frau Burga aufwachte oder doch aufzuwachen meinte; denn als sie mit offenen Augen in die Stube sah, glaubte sie, den Sohn im Sternenschimmer sitzen zu sehen; nur sein Leuchten war wundersam versponnen mit dem Sternenglanz. In der brausenden Musik aber erkannte sie das Te Deum laudamus dessen, der dort saß, Gott mag wissen, als was.

Sie lauschte und lauschte und fragte sich wirr und wundergläubig: ist das noch Traum? Ist es schon Wachen?

D a r f ich mich rühren? D a r f ich ihn anrufen? Nein ... es könnte zerfließen, das Wunder der Christnacht.

»Schweigen muß ich«, dachte sie, »stillehalten. Du aber, o Herr, komm, komm und hauche mich an, auf daß meine Seele sich löse von der irdischen Hülle und mit der meines Kindes aufsteigen kann zu Dir, dem Licht und der Seele der Welt ...«

Und ohne daß sie es wußte, wurde ihr Beten laut: »Herr, Herr, hauche mich an! Erlöse mich! Führ mich hinweg aus der Welt, vor der mir graut!«

Da brach die Musik jäh ab. Und der dort, der sie hervorgebracht hatte, erhob sich. Sie hörte das jähe Rücken des Stuhles, hörte seines Fußes festen Tritt; doch, starr befangen zwischen Wunder und Wirklichkeit, vermochte sie sich nicht zu rühren, getraute sich kaum zu atmen und hatte das Empfinden: es ist ja doch nur ein Traum, sonst müßt ich ja aufstehn und ihm um den Hals fallen ...

»Mutter ...« Hatte es da nicht leise geklungen: »Mutter?« Und wieder kam es, lauter, inniger: »Mutter! Mutter!« Und der dort im Sternenschimmer breitete die Arme – o mein Gott! Nur jetzt nicht sterben vor Glück und Freude!

Und während sie mit ihrem Fühlen zu ihm eilte, willenlahm aber sitzen blieb, tat der dort, Mensch von Fleisch und Blut oder Traumgesicht, einen Schritt, zagend einen zweiten – und plötzlich lag er zu ihren Füßen. Sie fühlte seines Hauptes Schwere, die Wärme seines Atems, das Zucken seines Leibes ...

»Mutter! Mutter! Liebe liebe Mutter!«

Da ließ sie die in wirrem Empfinden zaghaft ausgestreckte Hand auf sein Haupt niedergleiten – und er, er umschlang sie, und küßte, küßte sie warm und innig auf den zuckenden Mund. O, so küßt das Leben! Küßt die Liebe!

Und draußen im Flur rief und jubelte eine liebe helle Stimme: »Ist es denn wahr? Ist es denn wirklich wahr?«

Aufflog die Tür – und die schlichte Stube war ein Himmelreich auf Erden.

Und das kleine einsame Häuschen eine Insel der Seligen inmitten des brausenden Meeres von Habgier und Selbstsucht, selbstherrischen Begehrens und sich selbst aufzehrender Triebe, Lavaströmen gleich hervorbrechend aus viel Millionen verblendeter Menschen, die da glauben an ein Menschheitsglück ohne Liebe und ohne Ideale.